AF197081

Tucholsky   Wagner   Zola   Scott   Sydow   Freud   Schlegel
Turgenev   Wallace   Fonatne
      Twain   Walther von der Vogelweide   Fouqué   Friedrich II. von Preußen
                        Weber   Freiligrath   Frey
Fechner Fichte   Weiße Rose   von Fallersleben   Kant   Ernst   Richthofen   Frommel
          Engels   Fielding   Hölderlin
   Fehrs Faber   Flaubert   Eichendorff   Tacitus   Dumas
                Maximilian I. von Habsburg · Fock   Eliasberg   Ebner Eschenbach
  Feuerbach   Eliot   Zweig
                        Ewald   Vergil
       Goethe   Elisabeth von Österreich   London
Mendelssohn Balzac   Shakespeare
                   Lichtenberg   Rathenau   Dostojewski   Ganghofer
     Trackl   Stevenson   Hambruch   Doyle   Gjellerup
Mommsen   Tolstoi   Lenz
         Thoma   Hanrieder   Droste-Hülshoff
Dach   Verne   von Arnim   Hägele   Hauff   Humboldt
        Reuter   Rousseau   Hagen   Hauptmann
  Karrillon   Garschin   Gautier
       Damaschke   Defoe   Hebbel   Baudelaire
                   Descartes   Hegel   Kussmaul Herder
Wolfram von Eschenbach   Dickens   Schopenhauer
       Bronner   Darwin   Melville   Rilke   George
     Campe   Horváth   Aristoteles   Grimm Jerome   Bebel   Proust
Bismarck   Vigny   Barlach Voltaire   Federer   Herodot
            Gengenbach   Heine
  Storm   Casanova   Tersteegen   Gilm Grillparzer Georgy
         Chamberlain   Lessing   Langbein   Gryphius
Brentano   Lafontaine
Strachwitz Claudius   Schiller   Kralik Iffland Sokrates
       Katharina II. von Rußland   Bellamy Schilling
                          Gerstäcker   Raabe   Gibbon   Tschechow
Löns   Hesse   Hoffmann   Gogol   Wilde   Gleim   Vulpius
 Luther Heym   Hofmannsthal   Klee Hölty Morgenstern
    Roth   Heyse Klopstock   Kleist   Goedicke
Luxemburg   La Roche   Puschkin Homer   Mörike
  Machiavelli   Horaz   Musil
Navarra Aurel   Musset   Kierkegaard   Kraft   Kraus
 Nestroy Marie de France   Lamprecht Kind Kirchhoff Hugo   Moltke
   Nietzsche   Nansen   Laotse   Ipsen   Liebknecht
     Marx   Lassalle Gorki   Klett   Ringelnatz
von Ossietzky   May   Leibniz
                 vom Stein   Lawrence   Irving
Petalozzi   Knigge
     Platon   Pückler   Michelangelo   Kafka
  Sachs   Poe   Kock
       de Sade Praetorius   Mistral   Liebermann   Korolenko
                              Zetkin

Der Verlag tredition aus Hamburg veröffentlicht in der Reihe **TREDITION CLASSICS** Werke aus mehr als zwei Jahrtausenden. Diese waren zu einem Großteil vergriffen oder nur noch antiquarisch erhältlich.

Symbolfigur für **TREDITION CLASSICS** ist Johannes Gutenberg (1400 — 1468), der Erfinder des Buchdrucks mit Metalllettern und der Druckerpresse.

Mit der Buchreihe **TREDITION CLASSICS** verfolgt tredition das Ziel, tausende Klassiker der Weltliteratur verschiedener Sprachen wieder als gedruckte Bücher aufzulegen – und das weltweit!

Die Buchreihe dient zur Bewahrung der Literatur und Förderung der Kultur. Sie trägt so dazu bei, dass viele tausend Werke nicht in Vergessenheit geraten.

Don Juan von Kolomea

Novelle

Leopold Sacher-Masoch

Impressum

Autor: Leopold Sacher-Masoch
Umschlagkonzept: toepferschumann, Berlin

Verlag: tredition GmbH, Hamburg
ISBN: 978-3-8424-1250-7
Printed in Germany

Rechtlicher Hinweis:
Alle Werke sind nach unserem besten Wissen gemeinfrei und
unterliegen damit nicht mehr dem Urheberrecht.

Ziel der TREDITION CLASSICS ist es, tausende deutsch- und
fremdsprachige Klassiker wieder in Buchform verfügbar zu
machen. Die Werke wurden eingescannt und digitalisiert. Dadurch
können etwaige Fehler nicht komplett ausgeschlossen werden.
Unsere Kooperationspartner und wir von tredition versuchen, die
Werke bestmöglich zu bearbeiten. Sollten Sie trotzdem einen Fehler
finden, bitten wir diesen zu entschuldigen. Die Rechtschreibung der
Originalausgabe wurde unverändert übernommen. Daher können
sich hinsichtlich der Schreibweise Widersprüche zu der heutigen
Rechtschreibung ergeben.

Leopold von Sacher-Masoch

Don Juan von Kolomea.

Novelle

»Alle Weisheit meines Lebens
Hat das Eine mich gelehrt,
Lieb' ist sterblich! Ganz vergebens
Hoffst du, daß die Liebe währt!
Bist du treu, sie lachen deiner,
Aendern wie die Moden sich,
Aenderst du dich, keift gemeiner
Eifersücht'ger Neid um dich.
Drum vermeide Hymens Falle,
Hoffe nie: ein Weib sei dein!
Aber lieb' und täusche alle,
Um nicht selbst getäuscht zu sein.«
Karamsin.

Wir fuhren aus der Kreisstadt Kolomea[1] auf das Land. Es war Abend und am Freitag. Der Pole sagt:»Der Freitag ist ein guter Anfang,« aber mein deutscher Kutscher, ein Colonist aus Mariahilf, behauptete, der Freitag sei ein Unglückstag, denn an diesem Tage sei unser Herr am Kreuze gestorben und habe das Christenthum angefangen.

Diesmal behielt der Deutsche Recht, denn eine halbe Stunde von Kolomea wurden wir von einer Bauernwache angehalten.

---

[1] Kreis und Kreisstadt im östlichen Galizien. Kolomea ist aus Colonia entstanden, denn die jetzige Kreisstadt erhebt sich auf dem klassischen Boden einer ehemaligen römischen Pflanzstadt.

»Steh! – den Paß!«

Wir standen. Aber der Paß! – Meine Papiere waren freilich in Ordnung, aber wer hatte an meinen Schwaben gedacht. Der saß auf seinem Kutschbock, als wenn die Erfindung des Passes noch zu machen wäre, schnalzte mit der Peitsche und legte frischen Schwamm in seine kurze Pfeife. Der konnte freilich ein Verschwörer sein. Sein unverschämt behagliches Gesicht forderte meine russischen[2] Bauern heraus. Paß hatte er keinen, das war richtig; nun zuckten sie die Achseln, das war ebenso richtig.

»Ein Verschwörer,« hieß es.

»Aber Freunde bedenkt doch!« Alles umsonst.

»Ein Verschwörer!«

Mein Schwabe rückt verlegen auf seinem Brett und maltraitirt fruchtlos die russische Sprache. Alles umsonst. Die Bauernwache[3] kennt ihre Pflichten. Wer wagt ihr eine Banknote anzubieten? Ich nicht. So werden wir denn zusammengepackt und einige hundert Schritte weit zu der nächsten Schenke geführt.

Von weitem schien es vor derselben von Zeit zu Zeit aufzublitzen. Es war die aufwärts genagelte Sense eines Bauers, der vor der Thüre Wache hielt, und gerade über dem Rauchfang der Schenke stand der Mond und blickte auf den Bauer und seine Sense. Er

---

[2] Das ganze östliche Galizien vom San an, ist vorwiegend von Kleinrussen, drei Millionen, bewohnt, welche der unirten griechischen Kirche angehören und mit der Bevölkerung des südlichen Rußlands und den Kosaken ein großes Volk von etwa 20 Millionen bilden, welches sich durch Schönheit der Körperbildung, Adel der Gesichtszüge, geistige Anlagen, Wohlklang der Sprache und seinen Reichthum an Volkspoesie vor allen slavischen Stämmen auszeichnet.

[3] Der Trieb zur Selbsthilfe und Selbstregierung, welchen die südlichen Russen seit uralten Zeiten vor allen anderen europäischen Völkern voraus haben, hat neben der in Rußland geradezu kommunistischen und sozialistischen, in Galizien demokratischen Bauerngemeinde (gromada) die Bauernwache, eine Art Nationalgarde geschaffen, welche von der österreichischen Regierung im Jahre 1846 offiziell anerkannt und im Strafgesetzbuche mit dem Rechte des Gebrauchs der Waffen in denselben Fällen wie die k. k. Truppen und die Gendarmerie betraut wurde. Da die Kleinrussen Gegner der Polen und ihrer Bestrebungen sind, wurde bei allen polnischen Revolutionen der gesammte Sicherheitsdienst auf dem flachen Lande mit glänzendem Erfolge der Bauernwache anvertraut. So auch 1863, wo unsere Geschichte spielt.

blickte durch das kleine Fenster der Schenke und warf seine Lichter wie Silbermünzen hinein, und füllte die Pfützen vor dem Hause mit Silber, um den geizigen Juden zu ärgern. Ich meine den Schenkwirth, der uns auf der Schwelle empfing und seine lebhafte Freude über die vornehmen Gäste dadurch ausdrückte, daß er eine Art monotones Jammergeschrei ausstieß.

Er wackelte mit dem Körper auf und ab wie eine Ente, küßte auf meinen rechten Aermel einen Schmutzfleck, und der Symmetrie wegen auch auf den linken, und schalt dabei die Bauern, daß sie »einen solchen Herren,«»einen solchen« – er wußte keine bezeichnendere Eigenschaft an mir zu finden –»einen solchen Herren arretirt, und einen solchen durch und durch schwarzgelben Herren, einen Herren, dessen Gesicht schon ganz schwarzgelb sei und dessen Seele ganz schwarzgelb sei, das möchte er auf die Thora beschwören«, und schalt und gebärdete sich, als hätten sie ihm das ärgste Unrecht zugefügt.

Ich ließ indeß meinen Schwaben bei den Pferden – die Bauern bewachten ihn – und rettete meine schwarzgelbe Seele in die Schenkstube, wo sie sich auf der hölzernen Bank ausstreckte, die um den großen Ofen lief.

Ich langweilte mich bald, denn Freund Moschu hatte vollauf zu thun, seinen Gästen Branntwein und Neuigkeiten auszuschenken, und hüpfte nur selten wie ein Floh über den breiten Schenktisch zu mir und saugte sich fest und versuchte ein gebildetes Gespräch von Politik und Literatur.

Auch ohne das. Ich langweilte mich und sah mich in der Schenke um.

Ihr Grundton war Grünspan.

Die spärlich genährte Erdöllampe erfüllte die Schenke mit grünlichem Lichte. Grüner Schimmel an den Wänden, der große viereckige Ofen wie mit Grünspan lackirt, grünes Moos wuchs aus den Feldstein-Parketen Israels. Grüner Bodensatz in den Schnapsgläsern, wirklicher Grünspan an den kleinen Blechmaßen, aus denen die Bauern tranken, wenn sie an den Schenktisch traten und ihre Kupfermünzen hinlegten. Eine grüne Vegetation bedeckte den Käse, den Moschku mir vorsetzte, und sein Weib saß im gelben Schlaf-

7

rock mit großen Grünspanblumen hinter dem Ofen und schläferte ihr blaßgrünes Kind. Grünspan in dem abgehärmten Gesicht des Juden, Grünspan um seine kleinen unruhigen Augen, um seine dünnen, bewegungsvollen Nasenflügel, in seinen höhnisch verzogenen, sauren Mundwinkeln.

Es gibt Gesichter, die mit der Zeit Grünspan ansetzen, es gibt solche, und mein Jude hatte ein solches Gesicht.

Der Schenktisch stand zwischen mir und seinen Gästen. Sie saßen alle um einen schmalen langen Tisch, meist Bauern aus der Umgegend; sie unterhielten sich leise und steckten die zottigen, schwermüthigen grünen Köpfe zusammen. Einer schien mir ein Kirchensänger.[4] Er führte das große Wort, hatte eine große Dose, aus der er aber allein schnupfte des nöthigen Respectes wegen, und las den Leuten aus einer halbvermoderten, grünen russischen Zeitung vor.

Alles leise, ernsthaft, würdevoll, und draußen sang die Bauernwache ein melancholisches Lied, dessen Töne schienen aus weiter Ferne zu kommen. Wie Geister schwebten sie um die Schenke und klagten und schienen sich nicht hinein zu wagen unter die lebenden, flüsternden Menschen. Die Melancholie floß zu allen Ritzen herein als Moder, Mondlicht und Lied.

Auch meine Langeweile wurde zur Melancholie, zu jener Melancholie, welche uns Kleinrussen so eigenthümlich ist, zu einer männlichen Ergebung in das Gefühl der Nothwendigkeit. Und meine Langeweile war so nothwendig, wie Schlaf und Tod.

Der Kirchensänger war in seiner grünen Zeitung eben bei den Verstorbenen, Angekommenen, dem Courszettel, der Eisenbahn-Fahrordnung angelangt, als draußen plötzlich Peitschenknallen, Pferdegetrappel, Menschenstimmen wirr durcheinander klangen.

Dann war es stille.

Dann hörte man eine fremde Stimme, welche sich mit jenen der Bauernwachen mischte. Es war eine lachende männliche Stimme, es war Musik in ihr, aber eine fröhliche, kecke, übermüthige Musik,

---

4 Kirchensänger, Diak, der Küster und Schullehrer der griechischen Kirche, welcher bei dem Gottesdienste (als Sänger) und in der Gemeinde eine hervorragende Rolle spielt.

die vor den Menschen in der Schenke nicht zurückschreckte. Sie tönte immer näher, bis ein fremder Mann über die Schwelle trat.

Ich richtete mich auf, aber ich sah nur seine hohe, schlanke Gestalt, denn er trat nach rückwärts in die Schenke, indem er noch immer lustig zu den Bauern sprach.

»Aber Freunde, thut mir doch nur den Gefallen und erkennt mich? Bin ich denn ein Emissär? Seht mich an? Fährt die Nationalregierung mit vier Pferden auf der Kaiserstraße ohne Paß? Geht die Nationalregierung mit einer Pfeife im Munde wie ich? Brüder! thut mir den Gefallen und seid gescheidt!«

Jetzt kamen ein paar Bauernköpfe zum Vorschein und eben so viel Hände, welche diese Bauernköpfe unter dem Kinn rieben, was so viel zu bedeuten hatte, als:»Den Gefallen thun wir dir nicht, Bruder.«

»Also wirklich nicht? Aber thut mir doch die Gnade und seid vernünftig –«

»Es geht nicht.«

»Bin ich denn ein Pole? Wollt ihr, daß meine Eltern sich auf dem russischen Kirchhofe zu Czernelica im Grabe umdrehen? Waren meine Ahnen nicht mit Bogdan Chmielnicki,[5] dem Kosaken, gegen Polen? In wie viel Schlachten? Bei Pilawce, bei Korsun, bei Batow, bei den gelben Wässern; haben mit ihm Zbaraz belagert, worin auch die Polen lagen, standen oder saßen nach Belieben – aber thut mir nur den Gefallen und laßt mich fahren.«

»Es geht nicht.«

»Auch nicht wenn mein Großahn mit Hetman Dorozenko Lemberg belagert hat? Damals, sag' ich euch, waren die Köpfe der polnischen Edelleute billiger als Birnen, aber – bleibt gesund und laßt mich fahren.«

---

[5] Der Kohlhaas der ostslavischen Welt im großen Style. Chmielnicki, ein kleinrussischer Edelmann, von dem polnischen Starosten seiner Landschaft, seines Weibes und Besitzthums beraubt, reizte, nachdem er bei der Krone vergebens sein Recht gesucht, die Kosaken zum Kriege gegen Polen, und führte ihre Heere als Hetman wiederholt siegreich bis in das Herz des Landes, das von seinen Schaaren jedesmal vollkommen verwüstet und geplündert wurde.

»Es geht nicht.«

»Es geht nicht! – Wirklich nicht?«

»Wirklich nicht.«

»Nun gut, dann bleibt gesund.« Der Fremde ergab sich männlich der Nothwendigkeit, ohne Klage. Er trat ein, immer noch das Gesicht von mir abgewendet, nickte zu den neuen Entenstößen des Juden und setzte sich vor den Schenktisch, den Rücken gegen mich.

Die Jüdin horchte, sah auf ihn, legte das schlafende Kind auf den Ofen und trat an den Schenktisch. Sie war schön, als Moschku sie heimführte, ich wette darauf. Jetzt ist alles so befremdend scharf in ihrem Gesichte. Schmerzen, Schande, Fußtritte, Peitschenhiebe haben lange in dem Antlitz ihres Volkes gewühlt, bis es diesen glühend welken, wehmüthig höhnischen, demüthig rachelustigen Ausdruck bekam. Sie krümmte ihren hohen Rücken, ihre feinen durchsichtigen Hände spielten mit dem Branntweinmaß, ihre Augen hefteten sich auf den Fremden. Eine glühende, verlangende Seele stieg aus diesen großen schwarzen, wollüstigen Augen, ein Vampyr aus dem Grabe einer verfaulten Menschennatur, und saugte sich in das schöne Antlitz des Fremden.

Es war wirklich ein schönes Antlitz, es neigte sich über den Schenktisch zu ihr herüber wie der Mond, aber warf wirkliche Silbermünzen auf den Tisch und verlangte eine Flasche Wein.

»Geh hinaus!« sagte der Jude zu seinem Weib.

Sie krümmte sich noch tiefer und ging mit geschlossenen Augen, wie eine die im Schlafe wandelt; Moschku aber flüsterte über den Tisch zu mir: »Er ist ein gefährlicher Mensch, ein gefährlicher Mensch,« und schüttelte das vorsichtige Köpfchen mit den dicken kleinen Stirnlöckchen.

Das machte den Fremden aufmerksam. Er wandte sich rasch herum, erblickte mich, stand auf, riß seine runde Schaffellmütze vom Kopfe und entschuldigte sich in verbindlichster Weise. Wir begrüßten uns. Die russische Menschenfreundlichkeit hat sich in Sprache und Sitte so verkörpert, daß der Einzelne die zärtlich schmeichelnde Redensart nicht mehr zu überbieten vermag. Aber in der That begrüßten wir uns noch artiger, als es gewöhnlich geschieht.

Nachdem wir uns gegenseitig unzählige Male als die elendesten Knechte bezeichnet hatten und zu den Füßen gefallen[6] waren, setzte sich der Gefährliche mir gegenüber und bat, seine Pfeife stopfen zu dürfen. Es rauchten die Bauern, es rauchte der Diak, endlich rauchte auch der Ofen, aber er bat und ich bewilligte Alles »aus Erbarmen«. Er stopfte also seine lange türkische Pfeife.

»Diese Bauern!« sagte er heiter, »aber ich! – Sagen Sie selbst, würden Sie mir das auf hundert Schritte anthun und mich für einen Polen halten?«[7]

»Gewiß nicht.«

»Nun sehen Sie, lieber Bruder!« setzte er in überströmender Dankbarkeit hinzu, »aber reden Sie mit denen da.« Er zog einen Feuerstein aus dem Sack, legte ein kleines Stückchen Schwamm darauf und schlug damit auf sein Messer.

»Nun, aber der Jude nennt Sie doch einen gefährlichen Menschen.«

»Ja so.« Er sah vor sich auf den Tisch und lächelte. »Mein Moschku meint – den Weibern. Haben Sie gesehen, wie er seine Frau hinausgeschickt hat? Das fängt so leicht Feuer.«

Auch der Schwamm fing Feuer. Er legte ihn in die Pfeife und hüllte uns bald in dichte blaue Wolken. Er hatte die Augen bescheiden niedergeschlagen und lächelte nur so.

Ich hatte Muße, ihn zu betrachten.

Er war offenbar ein Gutsbesitzer, denn er war sehr gut gekleidet; sein Tabaksbeutel reich gestickt, seine Art vornehm; aus der Nähe oder doch aus dem Kreise von Kolomea – denn der Jude kannte ihn. Ein Russe, das hatte er gleich gesagt, und war auch nicht schwatzhaft genug, um für einen Polen gelten zu können. Es war ein Mann,

---

[6] padam do nog – ich falle Ihnen zu Füßen – kleinrussischer und polnischer Gruß.

[7] Dem Hasse, welcher zwischen Kleinrussen und Polen besteht, geben am schlagendsten die beiden Sprüchwörter Ausdruck, das polnische: Jak dlugo swiat, swiatem, polak nie byl i nie bedzie rusinowi bratem – So lange die Welt besteht, war und wird nie der Pole des Russen Bruder, und das kleinrussische: tscho lach to wrach. Was Pole ist, ist Feind.

der den Frauen gefallen konnte. Er hatte nichts von jener plumpen Kraft, von jener rohen Schwerfälligkeit, welche andern Völkern als Männlichkeit gilt, er war durchaus edel, schlank und schön; aber seine elastische Energie, seine unverwüstliche Zähigkeit sprach aus jeder Bewegung. Das braune schlichte Haar, der etwas gekräuselte, kurz geschnittene Vollbart, warfen ihre vollen Schatten in ein wetterbraunes, aber wohlgebildetes Gesicht.

Er war nicht so ganz jung mehr, aber hatte fröhliche blaue Augen wie ein Knabe. Unauslöschliche, gütige Menschenliebe lag milde in diesem dunkeln Antlitz, dunkel in so viel Linien, welche das Leben tief hineingeschnitten.

Er stand auf und ging ein paarmal durch die Schenke. Die weiten Hosen in die faltigen gelben Stiefel gesteckt, den Leib unter dem offenen weiten Rocke mit einer bunten Binde gegürtet, die Pelzmütze auf dem Kopfe, sah er wie einer jener alten weisen, tapferen Bojaren[8] aus, welche zu Rathe saßen mit Wladimir und Jaroslaw, in die Schlacht zogen mit Igor und Roman.[9]

Den Frauen konnte er gefährlich sein; ich glaubte es ihm gerne, und wie er so auf- und abging und lächelte, war es auch mir ein Vergnügen, ihn anzusehen. Auch kam die Jüdin mit der Flasche Wein, setzte sie auf den Tisch und hockte wieder hinter den Ofen, das Auge unverwandt auf ihn gerichtet. Mein Bojar kam herbei, sah die Flasche an und schien etwas zu erwarten.

»Eine Flasche Tokai,« sagte er heiter, »ist noch der beste Ersatz für das heiße Blut eines Weibes.«

Er rieb sich mit der flachen Hand die Brust; es machte mir den Eindruck, als ob ihm etwas auf dem Herzen brenne.

»Sie haben gewiß« – ich fürchtete unzart zu sein, er aber fiel lebhaft ein: »Ein Rendezvous? Freilich!« schloß die Augen halb, stieß dichte Wolken aus der Pfeife und nickte mit dem Kopf »Ein Rendezvous, verstehen Sie mich, und was für ein Rendezvous. O ich habe Glück bei den Weibern, verstehen Sie mich, ganz außerorden-

---

[8] Adel der Kleinrussen, durch sie auch in die Moldau und Walachei verpflanzt, wo ihre Fürsten längere Zeit herrschten.

[9] Sämmtlich Fürsten der Kleinrussen vor deren Vereinigung mit Polen.

tliches Glück. Sie sollen mich in den Himmel lassen unter die heiligen Frauen und Jungfrauen, so wird allenfalls der Himmel so ein – Haus. Gott verzeih' mir die Sünde! Thun Sie mir die Gnade und glauben Sie es mir.«

»Ich glaube es Ihnen gerne.«

»Nun sehen Sie. Aber das soll wahr bleiben, wie das Sprichwort sagt: »»Was du dem besten Freunde nicht sagst und deinem Weibe nicht sagst, sagst du dem Fremden auf der Heerstraße.«« Mach' die Flasche auf, Moschku, gib zwei Gläser – und Sie erbarmen sich, trinken mit mir den Tokai und hören meine Liebesabenteuer an, köstliche, seltene Liebesabenteuer, Raritäten von Liebesabenteuern, wie ein Autograph von Goliath dem Philister, denn die Silberlinge, um die Judas Ischariot unsern Herrn verkauft hat, sind gar nicht selten. Das glauben Sie mir aufs Wort, ich habe schon so viele in Galizien und in Rußland in den Kirchen gesehen, daß er eigentlich keinen so schlechten Handel gemacht hat. Aber Moschku –«

Der Schenkwirth hüpfte heran, stieß ein paarmal nach rückwärts aus, holte einen Korkzieher aus der Tasche, klopfte das Siegellack herab, blies darauf, nahm dann die Flasche zwischen die mageren Beine und zog unter furchtbaren Verzerrungen des Gesichtes den Kork heraus. Blies dann zum Ueberfluß noch einmal in die Flasche und schenkte den gelben Tokai in die reinsten zwei Gläser, welche in Israel geduldet werden. Der Fremde hob sein Glas gegen mich. »Auf Ihre Gesundheit!«

Er meinte es aufrichtig, denn er leerte das große Glas auf einen Zug. Ein Trinker war er nicht, dazu hatte er den Wein zu wenig gekostet, auf die Zunge genommen, an den Gaumen emporgeschnalzt.

Der Jude sah ihm zu und sprach schüchtern: »Das ist eine Ehre, daß der Herr Wohlthäter wieder einmal bei mir einsprechen und wie gut aussehen, immer noch ganz am Fleck!« Moschku versuchte, sich bei dieser Bemerkung die Haltung eines Löwen zu geben, und dazu schien es ihm unentbehrlich, seine mürben Arme wie die zerbrochenen Henkel einer Vase von Pompeji auseinander zu spreizen und wie in der Tretmühle die Füße abwechselnd zu heben und wieder aufzustampfen.

»Nun, und wie befinden sich die gnädige Frau Wohlthäterin und die lieben Kinder?«

»Gut! Gut!« Mein Bojar schenkte sich das zweite Glas ein und trank es aus, aber Alles mit niedergeschlagenen Augen, wie beschämt. Und als der Jude längst fort war, blickte er schüchtern nach mir herüber und war über und über roth. Lange war er stille, rauchte so vor sich hin, schenkte mir ein, endlich sagte er ganz leise:»Ich muß Ihnen ziemlich lächerlich erscheinen. Sie denken gewiß, der alte Esel hat Weib und Kinder zu Hause und will mich da von seinen Romanen unterhalten und von Rendezvous und Liebesbriefen. Ich bitte Sie, sagen Sie gar nichts, ich weiß es ja doch. Aber sehen Sie, einmal ist es eine angenehme Pflicht, einen Fremden zu unterhalten, und da dachte ich – dann wieder – verzeihen Sie – es ist eigentlich recht sonderbar. Man begegnet sich, um sich vielleicht nie wieder zu sehen. Man könnte denken, was liegt daran, was der von dir meint. Aber es ist nicht so. Bei mir wenigstens nicht. Freilich, ich will mich nicht schön machen, wer so ein Verführer ist, der ist es gewiß halb nur aus Wollust und halb aus Eitelkeit. Wenn man von meinen Abenteuern nichts wüßte, wäre ich der unglücklichste Mensch von der Welt, und da erzähle ich sie so Jedem und sie beneiden mich Alle, aber heute hab' ich mich lächerlich gemacht.«

Ich wendete etwas ein.

»Bemühen Sie sich nicht, es ist einmal so, – lächerlich, denn Sie kennen ja meine Geschichte nicht. Der ganze Kreis weiß, was mir passirt ist, aber Sie wissen es nicht. Und dann wird man so lächerlich eitel, wenn man den Frauen gefällt, lächerlich eitel, will, jeder Mensch soll gut von uns denken, und verschenkt sein Geld an die Bettler auf der Straße und seine Geschichten an die Fremden in den Einkehrhäusern. O! es ist recht lächerlich. Aber nun muß ich Ihnen doch das Ganze erzählen. Haben Sie die Gnade und hören Sie mich an. Ich weiß nicht, ich habe so etwas Zutrauen zu Ihnen.«

Ich bedankte mich.

»Nun gut. Und dann, was fangen wir sonst an? Karten sind keine da! – Also will ich – aber nein! – und doch – Bedenken Sie – »»ein guter Vogel beschmutzt sein Nest nicht,«« das sagt jeder Bauer bei uns. Aber ich bin kein guter Vogel. Ich bin ein leichter Vogel, ein lustiger Vogel. Noch eine Flasche Tokai, Moschku! – Ich will Ihnen meine Geschichte erzählen.«

Er stützte seinen Kopf in die Hände und dachte nach. Es war stille. Wieder tönte das grauenhafte Lied der Bauernwache, bald wie eine Todtenklage aus weiter Ferne, bald ganz nahe und leise, als schwinge die Seele des fremden Mannes in verzweifelten, herzzerreißend süßen Melodien.

»Sie sind also verheirathet?« fragte ich endlich.

»Ja.«

»Glücklich?«

Er lachte. Sein Lachen klang eigentlich harmlos wie das Lachen eines Kindes; aber mich machte es schauern, ich weiß nicht warum.

»Glücklich?« sagte er, »was soll ich sagen? Thun Sie mir die Gnade und bedenken Sie einmal, was das ist: Glück! – Sind Sie Landwirth?«

»Nein.«

»Aber Sie verstehen etwas von der Landwirthschaft? Gewiß. Nun sehen Sie, das Glück, möchte ich so sagen, ist nicht wie ein Dorf oder Gut, das einem gehört, sondern wie eine Pacht. Ich bitte, verstehen Sie mich, wie eine Pacht. Wer sich da einrichten will für die Ewigkeit, wer brach liegen läßt nach der Ordnung, oder gar düngt, oder den Wald schont, oder junges Holz hegt, oder eine Straße baut« – er nahm sich wie verzweifelt beim Kopfe – »Herr Gott! der macht, als hätte er für seine Kinder zu sorgen. Da heißt es: was herausschlagen, das Jahr oder gar heute, ja nicht morgen. Da heißt es: das Feld aussaugen, den Wald verwüsten, die Weiden ruiniren, Gras wachsen lassen auf den Wegen, Scheunen, und wenn Alles zu Grunde gerichtet ist am Ende und der Stall jede Stunde einstürzen kann: gut, und auch der Speicher – um so besser! oder gar das Wohngebäude – unübertrefflich! unübertrefflich! Der hat's genossen, der hat jubilirt. – Da haben Sie das Glück! Lustig! Lustig!«

Die neue Flasche Tokai wurde entkorkt und er schenkte fleißig ein.

»Was ist das Glück?« rief er, »der Athemzug, den ich mache. Da, sehen Sie!« – er hauchte in die Luft – »da haben Sie ihn! Sehen Sie!

Sehen Sie ihn!« – er wies mit den Fingern hin –»Wo ist er jetzt? – Ein Augenblick, eine Secunde auf der Uhr, einmal klopft der Zeiger – vorbei! Das Lied, das die Wache singt! Hören Sie den letzten schwellenden Ton, wie er sich emporhebt und fliegt – und schwimmt nur so in der Luft. Man meint er könnte kein Ende nehmen. Er trägt uns fort, fort – immer fort! – da – da hat ihn die Nacht verschlungen – für immer – das ist das Glück.«

Wir schwiegen beide einige Zeit.

Endlich fragte er ziemlich heiter: »Verzeihen Sie, darf ich Sie fragen: warum sind denn alle Ehen unglücklich? oder doch die meisten! Was wollen Sie einwenden?«

»Ich? Nichts! gar nichts!«

»Also sehen Sie, es ist eine Thatsache! Aber ein Mensch, der das was so ist, annimmt, ohne darüber nachzudenken, oder sich dagegen zu stemmen, der ist so ein schwacher Mensch in jeder Beziehung. – Ich meine, man muß tragen, was nothwendig ist, was so bestimmt ist, oder was so in der Natur liegt, wie allenfalls der Winter, oder die Nacht, oder der Tod. Aber ist es auch nothwendig, daß die Ehen so in der Regel unglücklich sind? Ist da – nun Sie verstehen mich – eine Nothwendigkeit, eine Regel, wenn ich mich so ausdrücken darf: ein Gesetz in der Natur?«

Mein Mann fragte mit dem Eifer eines Gelehrten, der seinen Gegenstand erörtert. Er war offenbar seiner Sache gewiß und sah mich nicht im mindesten ernsthaft, sondern mit der liebenswürdigsten Neugierde an.

»Was macht so die meisten Ehen unglücklich?« wiederholte er, »verstehen Sie mich, Bruder?«

Ich sagte irgend Etwas, was man so gewöhnlich sagt.

Er unterbrach mich, entschuldigte sich und sprach weiter.

»Verzeihen Sie, aber das haben Sie aus den deutschen Büchern. Es ist so. Sie lesen sie gerne, das möchte ich glauben, ich auch, aber man bekommt so Ideen, so Phrasen – nun Sie verstehen mich ja. – Da könnte ich auch sagen: »Meine Frau war mir nicht genug,« oder »sie hat mich nicht verstanden« und »wie das furchtbar ist, wenn man so nicht verstanden wird,« wie ich so ein ganz origineller Mensch bin, so ein Original, wie ich so ganz originelle Gedanken habe und so ganz originelle Gefühle und wie ich mich so enttäuscht sehe und keine Frau finde, die mich versteht, aber doch immerfort suche – solche Phrasen wissen Sie – das ist aber Alles erlogen, Alles erlogen! Ueberhaupt, mein Bester, haben Sie schon bemerkt, wie eigentlich jeder Mensch ein Lügner ist? Nur gibt es zwei Arten und darnach kann man die Menschen eintheilen, in solche, welche andere belügen, das sind die materiellen Menschen, von denen man so in den Büchern liest und dann die Idealisten, wie die Deutschen sie nennen – die sich selbst belügen.«

Ich gestehe es, der Mann begann mich immer mehr zu interessieren.

Er trank noch ein Glas Tokai und war vollends im Fluß. Seine Augen schwammen, seine Zunge schwamm, seine Worte floßen nur so.

»Nun Herr, was macht die Ehe unglücklich?« sagte er und legte seine Hände auf meine Achseln, als wolle er mich an sein Herz drücken – »denken Sie sich, Herr – die Kinder!«

Ich war überrascht.

»Aber lieber Freund,« sagte ich, »sehen Sie einmal diesen Juden an, wie elend er da lebt und sein Weib – würden sie nicht auseinanderlaufen wie Hunde, wenn nicht die Kinder wären und die Liebe zu den Kindern?«

Er nickte eifrig mit dem Kopfe und hob die Hände flach gegen mich empor, als wollte er mich segnen. »So ist es, so ist es, Bruder! Das eben, das allein, – das, das! – Hören Sie nur meine Geschichte.

Ich war so ein Bursche, was soll ich Ihnen sagen, ein Tölpel. Ich fürchtete mich vor den Frauen. Wenn ich zu Pferde war, da war ich ein Mann. Oder ich nahm die Büchse und ging durch das Feld, in den Wald, in das Gebirge – ich will Ihnen aber keine Anekdoten erzählen von meinen Jagden – genug, wenn ich dem Bären begegnete, ließ ich ihn ganz nahe kommen und sagte nur: Hopp Bruder! – da stand er auf, daß ich seinen Athem fühlte und ich schoß ihn, gerade auf den weißen Fleck hin, in die Brust. Aber wenn ich ein Weib sah, ging ich aus dem Wege. Sprach sie mich an, wurde ich roth, stotterte – so ein Tölpel, wissen Sie. Ich meinte immer noch, ein Weib habe nur längeres Haar als wir und längere Kleider und das sei Alles. So ein Tölpel! Sie wissen ja, wie man bei uns ist. Nicht einmal die Dienstleute sprechen so von diesen Sachen, man wächst auf und es kommt einem der Bart beinahe und man weiß nicht warum einem das Herz schlägt, wenn man so ein Weib sieht. So ein Tölpel! sag' ich Ihnen.

Da meinte ich, ich hätte Amerika entdeckt oder wenigstens einen neuen Planeten, wie ich endlich wußte. – Bedenken Sie nur, daß die Kinder nicht aus dem Wasser gezogen werden, wie die Krebse. Gut. Da verliebte ich mich auf einmal. Ich weiß selbst nicht wie. – Aber ich langweile Sie, gewiß?«

»Nein, ich bitte –«

»Gut. Ich verliebe mich. Da hatte mein seliger Vater, da hatte er so eine Idee, uns tanzen zu lassen, nämlich meine Schwester und mich. Da kam so ein kleiner Franzose mit seiner Geige und dann kamen die Gutsbesitzer aus der Nähe mit ihren Söhnen und Töchtern. Es war eine lustige Gesellschaft so von Nachbarn. Jeder kannte den andern und war guter Dinge, nur ich zitterte am ganzen Leibe. Mein kleiner Franzose aber besinnt sich nicht, stellt seine Paare auf wie's ihm einfällt, erwischt mich beim Ermel und erwischt auch ein Fräulein von unserem Nachbarn, ein Kind sag ich Ihnen. Sie stolperte noch über ihr Kleid und hatte blonde Zöpfe bis hinab.

Da standen wir nun und sie hielt meine Hand – denn ich – ich war Ihnen todt; so tanzen wir. Aber ich sehe sie gar nicht an, nur unsere Hände brennen so ineinander. Bis zuletzt, da heißt es: »Messieurs!« – Man tritt vor seine Dame, klappt die Absätze zusammen, läßt den Kopf auf die Brust fallen, wie wenn er abgehackt wäre, macht seinen Arm krumm, nimmt sie bei den Fingerspitzen und küßt die Hand. Das Blut schoß mir zu Kopfe. Sie machte nur so einen Knix und wie ich meinen Kopf hob. da war sie ganz roth und hatte Augen – was für Augen!«

Er schloß die seinen und lehnte sich zurück.

»Bravo, Messieurs!« ich war erlöst. Von da an tanzte ich nicht mehr mit ihr.

Sie war die Tochter eines Nachbars. Schön! – was soll ich Ihnen sagen – schön! so vornehm, möchte ich sagen. – Jede Woche war eine Tanzstunde. Ich sprach nicht einmal mit ihr, aber wenn sie so den Kosak tanzte, den Arm zierlich eingestemmt, stachen meine Augen nur so in sie und sah sie dann auf mich, pfiff ich wohl und drehte mich auf dem Absatz um. Die anderen jungen Herren leckten ihre Finger wie Zucker, verrenkten sich Hände und Füße, um ihr Taschentuch zu erwischen, sie aber warf die Zöpfe zurück und blickte auf mich.

Wenn sie davonfuhr, da war ich ein Held, wenn ich die Treppe hinab leuchtete und unten stehen blieb. Da wickelte sie sich behaglich ein, zog den Schleier herab, nickte allen freundlich zu, daß mir der Neid im Magen brannte und wenn die Glöckchen nur noch so aus der Ferne klangen, stand ich noch da und hielt mein Licht in der Hand, ganz krumm, das tropfte nur. So ein Tölpel, sag' ich Ihnen! Dann waren die Tanzstunden zu Ende und ich sah sie lange nicht.

Da wachte ich Nachts auf und hatte geweint und wußte nicht warum, da lernte ich verliebte Gedichte auswendig und sagte sie tüchtig her, Alles meinem Kleiderstock; da hatte ich Muth und phantasirte, nahm die Guitarre und sang, daß unser alter Jagdhund unter dem Ofen hervorkroch, die Nase zum Himmel hob und heulte.

Dann kam mir im Frühjahr die Idee, auf die Jagd zu gehen. Streife so im Gebirge, lege mich über eine Schlucht und wie ich so liege, da brechen die Zweige und kommt das Dickicht herab ein großer Bär, langsam, ganz langsam. – Ich bin ganz stille und im Walde ist es stille – nur ein Rabe fliegt über mir und schreit. – Da faßt mich eine namenlose Angst, ich mache das Kreuz und athme nicht einmal und wie er hinab ist – laufe ich was ich laufen kann.

Da war dann der Jahrmarkt – Verzeihen Sie, ich erzähle Ihnen wohl Alles erbärmlich durcheinander. – Da fahr' ich denn auf den Jahrmarkt und wie ich so gehe, ist sie auch da. – Richtig! ich vergesse zu sagen wie sie heißt: Nikolaja Senkow also. Einen Gang hatte sie jetzt wie eine Fürstin und auch die Zöpfe hingen ihr nicht mehr herab, sondern lagen auf ihrem Haupte wie ein goldener Reif und ihr Gang war so frei, sie wiegte sich und die Falten ihres Kleides rauschten so anmuthig, man konnte sich in dieses Rauschen allein verlieben. – Da lärmt der Jahrmarkt, der Handel, rings herum, da traben die Bauern in ihren schweren Stiefeln, da schießen die Juden durch das Gedränge, das schreit und jammert und lacht, und die Buben haben kleine hölzerne Pfeifchen gekauft und pfeifen. Aber sie hat mich gleich gesehen.

Da faß ich mir ein Herz, sehe mich um und denke: »Halt! Du gibst ihr die Sonne! das wird sie freuen! was kannst du mehr geben?« – Verzeihen Sie, es war eine Sonne von Lebzelten, prächtig vergoldet, sag' ich Ihnen. Sie fiel mir von weitem auf und machte ein erstauntes Gesicht wie unser Pfarrer, wenn er Jemand umsonst begraben soll. Gut ich habe dießmal Courage wie der Teufel, gehe, werfe meinen Zwanziger hin – es war mein einziger – und kaufe die Sonne. Mache dann große Schritte und erwische mein Fräulein richtig bei einer Falte; was eigentlich recht unanständig war, aber so ist man, wenn man verliebt ist, ganz unanständig! – erwische sie und präsentire ihr die Sonne und was denken Sie, was thut meine Nikolaja?«

»Sie bedankt sich wohl.«

»Bedankt sich? – Sie – sie lacht mir ins Gesicht, lacht auch ihr Vater, lacht ihre Mutter, lachen ihre Schwestern und Basen, alle Senkows lachen! Mir ist zu Muthe wie an der Schlucht dort, wie der Bär so langsam kommt. Ich möchte laufen, aber ich schäme mich; die Senkows etwa lachen so fort. – Es sind reiche Leute und wir waren eben so – wir hatten unser Auskommen; da stecke ich beide Hände in die Taschen und spreche: »Das ist nicht schön, Pana Nikolaja, daß Sie so lachen. Mein Vater hat mir nichts gegeben als den Zwanziger für den Jahrmarkt, den hab' ich für Sie hingeworfen wie ein Fürst, wenn er seine zwanzig Dörfer nimmt und Ihnen so hinwirft. – Haben Sie die Gnade also –« – ich konnte nicht weiter – mir kamen die hellen Thränen. So ein ganzer Tölpel, sag' ich Ihnen. Aber die Pana Nikolaja nimmt meine Sonne so mit beiden Händen an die Brust und sieht mich an. Ihre Augen waren so groß, so weit – die ganze Welt schien mir nicht so weit – und so tief! es zog einen so hinein und sie bat mich, mit ihren Augen bat sie mich, ihre Lippen zuckten nur so –

Da schrie ich auf! »O! was für ein Tölpel bin ich, Pana Nikolaja! Die Sonne möchte ich jetzt herunterreißen vom Himmel, Gottes wahrhaftige, lichte Sonne und Ihnen zu Füßen legen, lache Sie mich nur aus, lachen Sie.« – Da kommt ein polnischer Graf gefahren. Sechs Pferde hat er vorgespannt und sitzt auf dem Bock mit der Peitsche, fliegt nur so hin, sag' ich Ihnen, auf seiner Britschka, mitten durch den Jahrmarkt. Ein Unsinn! fährt da so schnell. Das schreit nur, ein Jude kugelt sich am Boden, meine Senkows ergreifen die Flucht, nur Nikolaja steht starr, hebt nur die Hand gegen die Pferde. Ich sie um den Leib und trage sie. Nikolaja die Hände um meinen Hals. Alles schreit, ich aber möchte tanzen mit ihr auf dem Arme. Da ist der Graf auch vorbei mit seiner Britschka, das Mädchen aus meinen Armen, ein Moment, sag' ich Ihnen! Polak das! fährt da so schnell!

»Aber ich erzähle Ihnen das Alles wie ich es erlebt habe, ich will mich kurz fassen –«

»Nein! nein; wir Russen erzählen gerne und lassen uns gerne erzählen. Fahren Sie nur so fort.« Ich streckte mich auf meiner Bank aus. Er stopfte sich eine neue Pfeife.

»Es ist so Alles eins,« meinte er, »Arrestanten sind wir einmal, also hören Sie die Geschichte zu Ende.«

Da hat uns der polnische Graf getrennt von der tapferen Familie. Meine Senkows waren in alle vier Winde zerstreut. Glauben Sie, ich habe sie gesucht? Pana Nikolaja hängt sich in mich ein, ganz sanft und ich führe sie zu ihren Leuten, das heißt, ich sehe mich immer um, damit ich sie von weitem entdecke und noch zu rechter Zeit in eine andere Gasse von Marktbuden einbiegen kann. Ich hebe meinen Kopf stolz wie ein Kosak und wir plaudern. Was gleich? Da sitzt ein Weib und verkauft Kannen. Pana Nikolaja behauptet, die irdenen Kannen sind besser für das Wasser und ich die hölzernen, nur um so zu reden; sie lobt die französischen Bücher und ich die deutschen; sie die Hunde, ich die Katzen, und ich widersprach nur, um sie reden zu hören, so allerliebst! und wenn sie zornig wurde – diese Stimme! – wie Musik, sag' ich Ihnen! Endlich hatten mich die Senkows umstellt wie ein Wild, es war nicht mehr auszuweichen, da liefen wir denn Vater Senkow gerade in die Arme. Der wollte gleich nach Hause fahren. Gut. Ich hatte jetzt meine Courage beisammen, schrie den Kutscher recht an und sage ihm dann, wie er fahren soll. Hebe zuerst Madame Senkow in den Wagen, stoße dann Vater Senkow, der einsteigt, so hinterrucks – wissen Sie – hinein, Alles damit ich mich dann auf ein Knie niederlassen, Nikolaja auf das andere ihren Fuß setzen und auf ihren Sitz springen kann. Kommen noch die Schwestern und Basen, küsse noch ein halbes Dutzend Hände, der Kutscher peitscht in die Pferde, fort sind sie. –

– Es ist wirklich – Sie verzeihen – wenn ich nur könnte – so eine schlechte Gewohnheit – so zu erzählen. Aber ich fahre lieber fort, sonst halte ich noch mehr auf. Endlich sind wir ja Arrestanten. Also der Jahrmarkt!

Da hab' ich mich verkauft, sag' ich Ihnen, mich wie ich da bin. Da ging ich herum wie ein Thier, das seinen Herrn verloren hat. Ganz verloren war ich.

Den nächsten Tag ritt ich hinaus auf das Dorf der Senkows, wurde gut empfangen. Nikolaja war ernster als sonst, ließ das Köpfchen etwas hängen. Auch ich wurde traurig, sah sie an und dachte »was bist du so? Ich bin dein, deine Sache, dein Geschöpf, mache mit mir was du willst, ich bin dein, lache doch!« – Ich dachte gar nicht, daß sie Etwas mehr wünschen könnte.

Ich ritt jetzt oft hinaus zu den Senkows.

Einmal sagte ich zu Nikolaja: »Erlauben Sie mir, daß ich nicht mehr lüge.« Sie sah mich erstaunt an. »Sie lügen?« – »Da sage ich Ihnen, ich bin Ihr Knecht, meine Seele gehört Ihnen; da falle ich Ihnen zu Füßen, küsse Ihre Fußstapfen und bin es nicht und thue es nicht. Erlauben Sie, daß ich nicht mehr lüge.« – Glauben Sie mir. ich – ich hörte noch in derselben Stunde auf zu lügen.

Nach einiger Zeit sagte unser alter Kosak so zu den Dienstleuten: »Unser junger Herr ist jetzt andächtig geworden, hat der förmliche Flecke auf den Knien.« – So. Jetzt muß ich Ihnen von einem Hunde erzählen.

Die Senkows hatten ihr Dorf näher dem Gebirge als wir. Sie hatten zahlreiche Schafe im Freien auf der Weide, nah dem tiefen Walde. Der Lagerplatz war von einem tüchtigen Zaun eingeschlossen. Da machten die Hirten Nachts ihre Feuer, hatten ihre Stöcke mit Eisen beschlagen, sogar eine alte Entenflinte mit einem Lauf und ein paar Wolfshunde. Alles wie gesagt, weil es nahe dem Gebirge war und die Wölfe und Bären liefen dort herum wie die Hühner und waren zahlreich und vermehrten sich in einer Weise wie die Juden.

Da war ein schwarzer Wolfshund.

Sie nannten ihn Kohle.

Er war auch kohlschwarz und seine Augen funkelten wie Kohlen.

Der war der Freund meiner –, verzeihen Sie – was sag' ich da –«

Er eröthete etwas und senkte den Blick.

»Also Kohle war der Freund der Pana Nikolaja. Wie sie noch ein kleines Eichen war, im warmen Sande lag, da kam Kohle – selbst ein Kind – zu ihr und leckte sie, so mit der Zunge gleich über das ganze Gesicht, und das Kindchen legte ihm die Fingerchen zwischen die großen Zähne und lachte und mein Hund lachte auch.

Dann wuchsen sie beide auf. Kohle wurde groß und stark wie ein Bär; Nikolaja konnte nicht so schnell nachkommen; aber lieb hatten sie sich immerfort. Und als Kohle zu den Schafen kam – nicht daß man ihn hingab. Lassen Sie sich das sagen. Er war so großmüthig von Natur, er mußte immer etwas zu beschützen haben. Auf Meilen war kein Thier wie er.

Wenn er einen Hund zerriß, so war es, weil er einen andern gebissen hatte. Ihm wich der Wolf aus und der Bär blieb aus, wenn er Wache hielt.

So fiel es meinem Kohle ein, die Schafe zu beschützen. Das waren so recht arme, ängstliche Thiere, so recht für meinen Kohle. Er kam also zu ihnen und machte fortan nur noch Besuche im Herrenhause; und wenn er zurückkam, da drängten sich die Lämmer um ihn und grüßten ihn und er leckte nur so nach links und rechts mit seiner rothen Zunge, als wollte er sagen:»Ist schon gut! ich weiß schon.« – Nikolaja machte also jetzt auch ihre Besuche in der Hürde und sie nahmen es beide genau. Wenn das Kind einmal ausblieb, schmollte der Hund und lief einmal statt in den Hof in den Wald, wo er sich den Spaß machte, dem Wolfe sein Weib zu verführen.

Es war ein majestätisches Thier. Wenn Nikolaja kam, trieb er ihr die kleinen Lämmchen zu. Sie setzte sich auf seinen Rücken und er trug sie so leicht, was leicht? – stolz! er wußte was er trug.

Wie ich Kohle kennen lernte, war er alt, hatte schlechte Zähne, ein lahmes Bein, schlief oft und es geschah, daß da und dort ein Lamm verloren ging.

Um diese Zeit sprach man in unserer Gegend viel von einem Bären, einem ungeheuren Bären, sag' ich Ihnen, der sich auch bei den Senkows sehen ließ.

Ich dachte gleich an meinen Bären in der Schlucht und schämte mich etwas.

Einmal reite ich wieder zu den Senkows; da laufen mir Bauern über den Weg, rennen gegen die Hürde – ein Tumult – ich sporne mein Pferd, von weitem höre ich – »der Bär! der Bär!« – Die Angst kommt mir, ich jage nur hin, springe vom Pferd, da steht ein Haufe Volk – Nikolaja liegt am Boden, den Wolfshund in den Armen und schluchzt. Die Leute stehen herum und flüstern nur.

Der Bär war da, der große Bär und holt ein Lamm. Die Hirten, die Hunde, rühren sich nicht, heulen nur aus Leibeskräften, das Fräulein schreit auf, Kohle schämt sich und springt mit seinem lahmen Bein über den Zaun, gerade hin auf den Bären.

Seine Zähne sind stumpf. Er packt den Bären, der Bär ihn – die Hirten rennen heraus mit der Flinte, der Bär flieht, das Lamm ist gerettet, Kohle aber schleppt sich nur einige Schritte und fällt, wie ein Held sag' ich Ihnen –. Nikolaja wirft sich über ihn, schließt den Wolfshund an ihre Brust. Ihre Thränen fließen bis auf seinen Kopf, er sieht hinauf zu ihr, zieht noch einmal Luft – es ist zu Ende.

Ich habe ein Gefühl wie wenn ich einen Mord begangen hätte. »Lassen Sie ihn Pana Nikolaja,« sag' ich. Sie aber hebt die Augen voll Thränen zu mir und sagt: »Sie sind ein harter Mensch, Demetrius,« – so heiße ich nämlich. »Ich ein harter Mensch! denken Sie!«

Ich gebe mein Pferd den Hirten, nehme mir ein langes Messer, schleife es noch, nehme die alte Flinte, ziehe die Ladung heraus, lade sie wieder selbst; noch eine Handvoll Pulver und gehacktes Blei in den Sack, und fort – in das Gebirge.

Ich wußte, daß er durch die Schlucht kommen werde.«

»Der Bär?«

»So ist es. Ihn erwartete ich ja. Ich stellte mich in die Schlucht, dort war an ein Ausweichen nicht zu denken. Die Wände fielen nur so gleich ab, steil, steinhart. Oben standen die Bäume, aber keiner ließ seine Wurzel so weit herab, daß man sie mit der Hand erreichen und sich hinaufschwingen konnte.

Er kann nicht ausweichen – und er kehrt auch nicht um – und ich auch nicht.

So stehe ich denn und erwarte ihn.

Waren Sie je einsam? – Wissen Sie, was das heißt, Jemand erwarten? – Eines peinlich genug, einen Menschen zu zerfleischen. Hier aber stand ich im einsamen Urwald und ein Bär war es, den ich erwartete.

Komische Vorsicht, kopflose Klugheit der Aufregung! Da stieß ich noch einmal meinen Ladstock in den Lauf, damit die Kugel festsitze.

Ich weiß nicht wie lange ich gewartet.

Es war einsam, unendlich einsam.

Da raschelt das Laub hoch oben in der Schlucht, Schritt für Schritt, wie die schweren Stiefel eines Bauers.

Jetzt brummt er so vor sich hin.

Da ist er.

Er sieht mich und hält stille.

Ich trete noch einen Schritt vor und spanne – was spanne? – will den Hahn spannen. Greif herum, finde nicht – kein Hahn an der Flinte! Ich mache nur das Kreuz, werfe den Rock ab, wickle ihn um den linken Arm – der Bär kommt auch schon.

»Hopp Bruder!« rufe ich. Aber er hört gar nicht auf mich, sieht mich auch nicht an.

Halt Bruder, ich will dich russisch lernen!

Drehe meine Flinte um und haue mit aller Kraft über seine Schnauze. Der brüllt, steht auf, ich den linken Arm in seine Zähne, das Messer in sein Herz, er die Tatzen um mich –

Das Blut stürzt über mich wie eine Welle – die Welt geht unter.

Er saß eine Weile, stützte den Kopf, schwieg.

Dann schlug er mit der flachen Hand leicht auf den Tisch und sprach lächelnd: »Da hab' ich Ihnen richtig so eine Anekdote erzählt. Aber Sie sollen seine Tatzen sehen. Erlauben Sie, daß ich mein

Hemd aufmache –« Er zog es auseinander und zeigte an jeder Seite seiner Brust eine Narbe wie die eingedrückte, weiße Hand eines riesigen Menschen.

»Er hat mich gut gefaßt.«

Die Gläser waren leer. Ich winkte Moschku, eine neue Flasche zu bringen.

»So fanden mich also die Bauern,« fuhr mein Bojar fort, »aber lassen wir das. Ich lag also lange im Hause bei den Senkows, im Fieber. Wenn ich bei Tage zu mir kam, saßen sie um mich, auch meine Leute, wie um einen Sterbenden, aber Vater Senkow sagte: »Nun es geht ja gut!« und Nikolaja lachte. Einmal erwache ich Nachts und sehe um mich. Da brennt nur eine einsame Lampe. Nikolaja liegt auf den Knien und betet.

Genug davon. Es ist vorbei, nur manchmal kommt es noch im Traum. Genug. Sie sehen, ich bin nicht gestorben.

Jetzt kam Vater Senkow oft zu uns auf seiner Britschka und mein Vater wieder hinüber. Die Frauen nicht selten mit. Die alten Leute flüsterten und kam ich dazu, so lächelte Senkow, zwinkerte mit den Augen und bot mir eine Prise.

Nikolaja – liebte mich. So herzlich! glauben Sie mir. Ich glaubte es wenigstens und auch – die alten Leute glaubten es.

So wurde sie denn mein Weib.

Mein Vater übergab mir die Wirthschaft. Senkow gab seiner Tochter ein ganzes Dorf.

Die Hochzeit war in Czernelica. Alles besoffen, sag' ich Ihnen, mein Vater tanzte mit Madame Senkow den Kosak.

Am nächsten Abend – sie suchten noch alle, wie die Todten am jüngsten Tage, ihre Glieder zusammen und fanden sie nicht – spannte ich selbst sechs Pferde, alle weiß wie Tauben, vor meinen Wagen. Das glänzende langhaarige Fell meines todten Bären lag über den Sitz gebreitet, die Tatzen mit vergoldeten Nägeln bis auf den Wagentritt herab von jeder Seite, der große Kopf mit funkelnden Augen wie lebendig zu den Füßen. Meine Leute, Bauern, Kosaken zu Pferde Fackeln, Brände in den Händen; ich mein Weib im rothen Hermelinpelz auf die Schulter und trage sie in den Wagen.

Meine Leute jauchzen, sie sitzt wie eine Fürstin in dem Pelz des Bären, die kleinen Füße auf seinem großen Kopfe.

Mein Volk zu Pferde um uns – so führe ich die Herrin in ihr Haus. –

Es ist auch so eine große Dummheit, die man in den deutschen Büchern liest von dem Himmel der Liebe, und dann die Abgötterei, die man mit der Jungfrau treibt –«

»Wie etwa Schiller in der –«

»Ich bitte Sie, Sie werden mir doch nicht Etwas von Herrn von Schiller aufsagen? Erbarmen Sie sich

»Nur eine Stelle, wissen Sie

»Verzeihen Sie –«

»Mit dem Gürtel, mit dem Schleier
Reißt der schöne Wahn entzwei!«

deklamirte ich erbarmungslos.

»Da hat er einmal Recht der Herr von Schiller,« sagte der Landedelmann, »ein schöner Wahn das! Das wäre Etwas, wenn die Jungfrau so die Krone der Schöpfung wäre und die Liebe so das schöne dumme Gefühl, das man allenfalls für so ein Mädchen hat. Auch mir riß so der Wahn entzwei.

Wie sie mein Weib war, da hatte ich erst den Muth, sie zu lieben und sie mich. Da warf sie Sitte, Anstand, Alles von sich so mit Schnürleib und Strumpfband gleich auf den Boden und wie meine Liebe groß wurde an ihrer Liebe, und groß und immer größer. Meine Liebe und ihre Liebe wuchsen so wie Zwillinge.

Pana Nikolaja küßte ich die Hände, meinem Weib die Füße und biß oft nur so hinein, daß sie schrie und mich ins Gesicht trat.

Jetzt verstand ich, warum man niederkniet und anbetet das Weib mit dem Kinde, aber sie haben auch aus ihr eine Jungfrau gemacht, die Hausthiere unseres Herrgottes.

Sehen Sie, das Mädchen ist so eine Sklavin ihres Hauses. Mancher Vater rechnet sie so zu seinen Gütern. Aber die Frau – jeden Augenblick kann sie mich verlassen. Hab' ich Recht? Sie wählt wie ich wähle. Da stehen sie die Jungfrau auf den Altar. Große Dummheit. Dann sagen sie »Du holdes Kind!« Also ein so buttergelbes Entchen da, ist meines Gleichen. Thun Sie mir den Gefallen und bedenken Sie das.

Die Liebe von Mann und Weib ist die Ehe; ich meine die Ehe wie die Natur sie schließt.

Ueberhaupt, was hat man?

Belieben Sie nur, dieses Leben etwas zu betrachten. Ein seltsamer Text und – –.«

Er horchte einen Augenblick auf das Lied der Bauernwache.

»Und da die Melodie dazu.

Da haben die Deutschen ihren Faust; und auch die Engländer haben so ein Buch. – Bei uns weiß das jeder Bauer. Es ist wie eine Ahnung, die über ihn kommt, was das Leben ist.

Was macht unser Volk so melancholisch?

Die Ebene.

Sie gießt sich aus wie das Meer und wogt im Winde wie das Meer. Der Himmel taucht in sie – wie in das Meer – sie umgibt den Menschen schweigend wie die Unendlichkeit; fremd wie die Natur.

Er möchte zu ihr sprechen und von ihr Antwort bekommen. Wie ein Schrei des Schmerzes entringt sich das Lied seiner Brust und stirbt unbeantwortet wie ein Seufzer.

Da ist es dem Menschen so seltsam. Gehört er nicht zu ihr? Hat sie ihn nicht geschaffen? hat sie ihn unterworfen nur? – hat er sie verlassen? stößt sie ihn von sich?

Sie gibt ihm keine Antwort.

Aus seinem Grabe wächst ein Baum; Sperlinge schreien auf den Aesten – soll das eine Antwort sein?

Er sieht den Ameisen zu, wie sie in langen Karawanen, mit Eiern beladen, durch den warmen Sand ziehen und zurück; da hat er seine Welt. – Ein Wimmeln auf dem kleinsten Raum, ein rastloses Bemühen um – Nichts. Er fühlt sich verlassen, ihm ist als könnte er jeden Augenblick vergessen, daß er lebt.

Da spricht im Weibe die Natur zu ihm: »Du bist mein Kind. Du fürchtest mich wie den Tod, aber hier bin ich wie du. Küsse mich! Ich liebe dich, komm, schaffe mit an dem Räthsel des Lebens, das dich ängstigt. Komm! ich liebe dich!« –

Er schwieg eine Weile. Dann fuhr er fort.

»Ich und Nikolaja, wie glücklich waren wir. Wenn die Eltern kamen oder die Nachbaren, da hätten Sie sehen sollen, wie sie kommandirte im Haus und Alles gehorchte ihr. Die Dienstleute duckten so wie die Enten auf dem Wasser, wenn sie nur auf sie hinsah. Einmal wirft mein junger Kosak ein Dutzend Teller hin. Trägt sie richtig bis an das Kinn hinauf, wirft sie hin; mein Weib die Peitsche vom Nagel. Nun – wenn die Herrin ihn peitscht, sagt er, will er täglich ein Dutzend Teller zerbrechen – verstehen Sie; und beide fangen an zu lachen.

Da kamen auch die Nachbaren.

Zu mir waren sie alle heiligen Zeiten gekommen, das heißt etwa zu Ostern auf ein Geweihtes,[10] aber jetzt suchten sie es etwa gut zu machen. Alle kamen sie, sag' ich Ihnen.

Da war der pensionirte Leutnant Mack, er kannte den Schiller auswendig, war aber sonst ein guter Mensch. Es war nur das Unglück mit ihm, daß er gerne trank. Wissen Sie, nicht daß er etwa so besoffen wurde und man ihn unter das Sopha werfen konnte. Was meinen Sie, da stellte er sich Ihnen mitten in das Zimmer der kleine dicke rothe Kerl und deklamirte Ihnen allenfalls den Kampf mit dem Drachen und wenn er nüchtern war – bedenken Sie – erzählte er uns so die ganzen französischen Kriege. Sagen Sie selbst, was war da zu machen.

Dann kam der Baron Schebicki. Kennen Sie ihn nicht? – Eigentlich hieß der Alte Schebig, Salomon Schebig. War ein Jude, ging mit dem Bündel, kaufte und verkaufte, machte den Lieferanten für das Aerar, kaufte ein Gut und nannte sich Schebigstein. Heißt einer Lichtenstein, sagte er, warum soll ich nicht heißen Schebigstein? Und der Sohn wurde Baron und nennt sich Raphael Schebicki. Lacht Ihnen immerfort. Sagen Sie ihm »Erweisen Sie mir die Ehre mich zu besuchen;« – lacht er so und sagen Sie ihm »Belieben da ist die Thüre Paschol!« – lacht er auch so. Und jeder hübschen Frau will er gleich Kleider bringen von Brody und einen Shawl von Paris; trinkt immer nur Wasser, geht täglich ins Dampfbad, trägt eine große goldene Kette auf der rothen Sammetweste und macht immer das Kreuz vor der Suppe und nach Tisch.

Dann der Edelmann Domboski; ein langer Pole mit rothen Augen, schwermüthigem Schnurrbart und leeren Taschen; der immer für die armen Emigranten sammelt, jeden den er das zweitemal sieht ungestüm an sein Herz drückt und zärtlich küßt; wenn er ein Glas zu viel hat ungezählte Thränen vergießt, »Noch ist Polen nicht verloren« singt, jeden einzeln unter den Arm nimmt, um ihm die ganze polnische Verschwörung anzuvertrauen; wenn er endlich lustig ist, ein »Vivat, lieben wir uns!« ausbringt und aus den schmutzigen Schuhen der Frauen trinkt.

---

[10] Zu Ostern hat jedes Haus in Galizien für Verwandte, Freunde und Bekannte sein »Geweihtes,« eine offene Tafel mit zum Theil nationalen Gerichten, welche sämmtlich vorher in der Kirche geweiht werden.

Der hochwürdige Herr Maziek, so ein gerechter Landpfarrer, der fand für Alles einen Trost, für Geburt, Tod und Heirath. Am meisten pries er jedoch, die selig im Herrn entschlafen. Auch die Kirche habe sie durch das Symbol einer höheren Taxe ausgezeichnet. Wenn er etwas behaupten wollte, sagte er stets »Fegefeuer,« wie ein anderer »bei Gott!« oder »mein Ehrenwort.« Dann der gelehrte Thaddeus Kuternoga, der seit elf Jahren das Doktorat machen will und denken Sie, noch dazu der Philosophie. Der Gutsbesitzer Leon Bodoschkan, ein wahrer Freund und andere lustige Edelleute.

Lustig! Lustig wie ein Schwarm Bienen, aber vor ihr hatten sie Respekt.

Auch die Frauen kamen so zu ihr; gute Freundinnen, die schwatzen, süß lächeln, jede Minute schwören und dann – nun, wir kennen das. Also wir lebten so mit den Nachbaren und ich war stolz auf meine Frau, wenn sie so aus ihren Schuhen tranken und auf sie deklamirten; aber sie sah die Leute gleich so an: »was bemüht ihr Euch?« – Wir waren auch lieber allein.

So eine große Wirthschaft, wissen Sie, man hat seine Sorgen und seine Freuden. Sie nahm sich der Sache an. Wir wollen selbst regieren, sagte sie, und nicht unsere Minister. Da war der Minister der Mandatar Kradulinski, ein alter Pole. Ein Mensch von einer Consequenz, sag' ich Ihnen – er hatte nie ein Haar am Kopfe und nie eine Rechnung in Ordnung. Dann der Förster Kreidel. Ein Deutscher, wie Sie merken. Der war klein, hatte kleine Augen, große durchsichtige Ohren und einen großen durchsichtigen Windhund.

Meine Frau hielt ihnen das Gespann zusammen. Na! ich glaube, die Peitsche hätte sie ihnen gegeben, wenn sie nicht gefahren wären, wie sie es wollte.

Aber die Bauern dafür. Wenn wir so durch die Felder gingen. »Gelobt sei Jesus Christus!« – »In Ewigkeit. Amen!« so fröhlich sag' ich Ihnen. Beim Erntefest, da strömte es nur in unsern Hof, die Schnitter, das Volk. Meine Frau stand auf der Treppe und sie legten ihr den Erntekranz zu Füßen. Jauchzten, sangen, tanzten; sie nahm ein Glas Branntwein: »Bleibt gesund!« und trank es aus.

Die Füße, sag' ich Ihnen, küßten sie ihr nur.

Da ritt sie auch mit mir. Ich hielt ihr die Hand hin, sie trat nur hinein und war auch im Sattel. Zu Pferde hatte sie eine Kosakenmütze, die goldene Quaste tanzte auf ihrem Nacken, und das Pferd wieherte und blies die Nüstern auf, wenn sie es auf den Hals klopfte.

Dann lernte ich sie auch mit der Flinte umgehen. Ich hatte so eine kleine. Hatte Sperlinge damit geschossen, wie ich klein war. Sie warf sie über die Schulter, ging mit mir durch die Wiese und schoß Wachteln. Prächtig! sag' ich ihnen, prächtig! – Da fliegt ein Geier aus dem Walde her, nimmt mir meine Hühner, nimmt meiner Nikolaja gerade die schwarze Henne mit dem weißen Schopf. Ich passe ihm auf. Kannst warten!

Da komm' ich vom Erdäpfelgraben zurück, so eine Gerte in der Hand. Da ist er.

Schreit noch und kreist um den Hof Ich fluche nur. – Da fällt ein Schuß. Er schlägt nur einmal in der Luft und gleich zu Boden.

Wer hat geschossen?

Mein Weib. »Der nimmt mir keine Henne mehr,« sagt sie, und nagelt ihn an das Scheunenthor. Kommt der Faktor,[11] packt mit großem Geschrei alle seine Ballen aus. Alles ächt, Alles neu, Alles billig. – Weiß die zu handeln!

Der Jude seufzt nur immer. »Eine gestrenge Frau,« sagt er, aber küßt ihr den Ellenbogen.

Fahre ihnen in die Stadt.

Geht die Frau Starostin,[12] hat ein blaues Kleid mit weißen Fliegen. Muß Mode sein. Kaufe ein blaues Kleid mit weißen Fliegen. Meine Nikolaja wird roth.

---

[11] Jedes große Haus hat seinen jüdischen Agenten, sein Faktotum, seinen Familienjuden »Faktor« genannt.

[12] Starost, ein Beamter der polnischen Krone, welcher einen dem jetzigen Kreise analogen Bezirk verwaltete, daher sein Name auf den österreichischen Kreishauptmann übertragen wurde.

Fahre einmal nach Brody, bringe Sammet von allen Farben, Seidenstoffe, Pelze, was für Pelze! Alles geschwärzt! Das Herz schlägt ihr, sag' ich Ihnen.

Die war ihnen angezogen. Hinzuknieen!

Da hatte sie eine Kazabaika, saftgrün, ausgezeichnet saftgrün, und sibirische graue Eichhörnchen – die Kaiserin von Rußland hat keine besseren – Eichhörnchen daran, so handbreit gleich. Und ganz gefüttert mit dem silbergrauen Pelz, so weich, sag' ich Ihnen. Da lag sie so an den langen Abenden auf dem Diwan, die Arme unter dem Kopf gekreuzt, und ich lese ihr vor.

Das Feuer knistert, der Samowar singt, das Heimchen zirpt, der Holzwurm klopft, das Mäuschen nagt, denn die weiße Katze liegt auf dem Vorsprung und spinnt.

Lese ihr alle Romane. In der Kreisstadt, wissen Sie, war ja schon die Leihbibliothek und dann die Nachbaren – hat Der ein Buch und Jener.

Sie liegt mit geschlossenen Augen und ich im Lehnstuhl und wir verschlingen die Bücher nur so. Schlafen oft lange nicht ein. Sprechen so, ob der die bekommen wird oder nicht. Wenn etwa so eine Edelmuthsgeschichte vorkommt, da kann meine Nikolaja bis in die kleinen Ohrläppchen dunkelroth werden vor Zorn. Da richtet sie sich etwas auf, stützt sich mit der Hand und sagt zu mir, als hätte ich das geschrieben:»Sie soll das nicht thun, hörst du?« – und weint beinahe.

Die Frauen, wissen Sie, die sind in den Romanen besonders edelmüthig. Da, wenn der Geliebte in Gefahr ist, sind sie gleich dabei, sich zu – opfern, denken Sie. Der Teufel könnt' einen holen. Einmal da kommt auch so eine Szene vor, wo eine Frau den Mann hingibt, um ihr Kind zu retten. Eine dumme Geschichte, sag' ich Ihnen;»die Macht der Mutterliebe,« glaub' ich, heißt das Buch. Eine dumme Geschichte, aber meine Nikolaja fiebert und will viele Wochen kein Buch sehen.

Oft springt sie auf, schlägt mir das Buch ins Gesicht und zeigt mir die Zunge. Hetzen dann wie Kinder. Ich verstecke mich hinter den Thüren und schrecke sie.

Oder sie führt mit mir ganze Märchen auf.

Geht in ihr Zimmer. »Wenn ich wieder komme, bist du mein Sklave.« Dann zieht sie sich als Sultanin an, schlingt einen Shawl um die Lenden, einen anderen um den Kopf wie einen Turban. Meinen Tscherkessendolch im Gürtel, ganz in einen weißen Schleier gehüllt, so kommt sie heraus. Ein Weib! – eine Gottheit von einem Weibe!

Wenn sie schlief, konnte ich Stunden lang sie nur ansehen, wie sie athmete, und wenn sie einmal seufzte, wurde es mir so weh um das Herz, als hätte ich ihr das schwerste Unrecht zugefügt, und eine Angst kam über mich, sie sei nicht mein, sie sei gestorben. Und rief ich sie beim Namen, dann setzte sie sich auf, sah mich groß an und lachte.

Aber die Sultanin konnte sie am besten machen. Sie verzog keine Miene. Wenn ich sagte: »Aber Nikolaja,« und spaßte, sie zog nur die Brauen in die Höhe und bohrte ihre Augen in mich, daß ich mich beinahe schon am Pfahle fühlte. »Bist du bei Sinnen, Sklave?« – Wirklich, da war nichts zu machen. Ich war ihr Sklave und sie gebot wie eine Sultanin.

So lebten wir denn wie ein paar Schwalben, saßen zusammen und zwitscherten.

Eine süße Hoffnung erhöhte unsere Freuden. Und doch, wie bange war mir um das Weib. Ich streichelte ihr oft nur so die Haare aus der Stirne und die Thränen traten mir in die Augen. Sie verstand mich, nahm mich um den Hals und weinte.

Aber es kam unerwartet wie das Glück. Ich fuhr nach Kolomea um den Arzt und wie ich hereintrete, hält sie mir das Kind entgegen.

Die Eltern floßen förmlich vor Freude, die Dienstleute – das schrie und lachte, und Alles besoffen, und auf der Scheune stand der Storch und hielt nachdenklich ein Bein in die Höhe.

Da gab es zu denken, zu sorgen, und jede schwere Stunde band uns nur noch fester zusammen.

Aber so blieb es nicht.«

Seine Stimme war unendlich sanft und leise geworden, sie zitterte nur so in der Luft, leise, wie der dünne Dampf seiner Pfeife.

»Es konnte nicht so bleiben – ich bitte Sie – und dann – so und so – verstehen Sie mich. Es ist so eine Regel. – Ich meine, es ist so die Natur. Ich habe oft darüber nachgedacht, was meinen Sie?

Ich habe einen Freund gehabt – Leon Bodoschkan. Er hat zu viel gelesen und ist darüber krank geworden. Der hat mir oft gesagt –

Aber wozu das? Ich kann Ihnen ja –«

Er zog einige vergilbte Streifen Papier aus der Brust.

»Viel geschrieben hat er auch. War so unbekannt, aber er kannte Alles, so – er sah so hinein wie in ein Gebirgswasser. Die Menschen machte er auf wie Uhren und sah hinein, ob Alles in Ordnung sei. Sagte gleich, wo es fehle. Er verstand Ihnen, wenn die Katzen z. B. zusammen sprachen, lachte und sagte gleich, was sie wollen. Da nahm er Ihnen eine Blume, schnitt sie auf und zeigte Ihnen, wie sie lebt, wie sie sich ernährt. Er sprach gerne von den Frauen.

Die Frauen und die Philosophie, wissen Sie, haben ihn ruiniert.

Da schrieb er oft was nieder und wenn er im Walde ging, warf er Alles von sich. Das Papier ängstigte ihn.

Aber das vergesse ich sonst.

Er sagte, wer seine Liebe auf einem Papier niederschreiben kann, liebt nicht.

Er konnte dicke Bücher lesen in Schweinsleder, den ganzen Nestor – aber vor einem Liebesbriefe lief er davon.

Also z. B.«

Damit legte er die schmutzigen Papierstreifen auf den Tisch.

»Nein! Das ist eine Rechnung.« Er steckte sie wieder ein. »Da ist es.« Er hustete und las dann:

»Was ist unser Leben? – Leiden, Zweifel, Angst, Verzweiflung.

Weißt du, woher du kommst? Wer du bist? Wohin du gehst?

Und keine Gewalt zu haben über die Natur, und keine Antwort zu bekommen auf diese arme verzweifelte Frage. Unsere ganze Weisheit ist zuletzt der Selbstmord.

Aber die Natur hat uns ein Leiden gegeben, noch entsetzlicher als das Leben – die Liebe.

Die Menschen nennen sie Freude, Wollust« –

Mein Freund pflegte bei diesen Worten immer bitterlich zu lachen. – »Sieh' den Wolf an,« sagte er mir, »wenn er sein Weib sucht; wie er durch das Dickicht bricht, das Wasser rinnt ihm nur vom Maul – er heult nicht einmal mehr, er winselt nur noch, und seine Liebe, ist das Genuß? – Das ist ein Kampf, ein Kampf wie um das Leben, das Blut rinnt ihr vom Nacken.

Mein Gott! möchte der Mann sich nicht auch auf das Weib werfen wie auf den Feind? Fühlt er sich nicht endlich wie unterworfen einem unbarmherzigen Feind?

Legt er dem Weibe nicht den stolzen Kopf vor die Füße und fleht: »Trete mich, trete mich mit deinem Fuße, ich will dein Sklave sein, dein Knecht, aber komm, erlöse mich!«

Ja, die Liebe ist ein Leiden, der Genuß – Erlösung! Aber es ist dann eine Gewalt, die Eines über das Andere übt, es ist ein Wettstreit, sich dem Andern zu unterwerfen. Liebe ist Sklaverei und man wird Sklave, wenn man liebt. Man fühlt sich vom Weibe mißhandelt, man schwelgt nur in der Wollust ihrer Despotie und Grausamkeit. Man küßt den Fuß, der uns tritt.

Ein Weib, das ich liebe, macht mir Angst. Ich zittere, wenn sie plötzlich durch das Zimmer geht und ihre Kleider rauschen; eine Bewegung, die mich überrascht, erschreckt mich.

Man möchte sich vermählen für die Ewigkeit, für diese und eine andere Welt, man möchte nur ineinander fließen. Man taucht seine Seele in die fremde Seele, man steigt hinab in die fremde, feindliche Natur und empfängt ihre Taufe. Es ist lächerlich, ganz lächerlich, daß man nicht immer zusammen war. Man zittert jeden Augenblick, sich zu verlieren. Man erschrickt, wenn der Andere das Auge schließt, wenn er seine Stimme verändert. Man möchte ganz nur Ein Wesen werden, alle Eigenschaften, Ideen, Heiligthümer eines Lebens möchte man aus seinem Wesen reißen, um ganz nur mit dem andern sich zu verschmelzen. Man gibt sich hin – wie eine Sache – wie einen Stoff. Mache aus mir, was du bist!

Wie zum Selbstmorde wirft man sich in die andere Natur, bis sich die eigene empört.

Da kommt der Schauer, ganz sich zu verlieren. Man fühlt wie einen Haß gegen die Gewalt des Andern. Man glaubt sich todt. Man will sich auflehnen gegen die Tyrannei des fremden Lebens, sich wiederfinden in sich selbst.

Das ist die Auferstehung der Natur.«

Er suchte einen zweiten Papierfetzen hervor.

»Der Mann hat seine Arbeit, seine Absichten, seine Unternehmung, seine Ideen!

Sie schweben um ihn mit Taubenflügeln, sie heben ihn mit Adlersfittichen. Sie lassen ihn nicht versinken.

Aber das Weib?

Das schreit nach Hülfe. Ihr Ich will nicht sterben, es will nicht! und keine Hülfe!

Da trägt sie noch sein Ebenbild unter dem Herzen, fühlt, wie es wächst und sich bewegt – lebt! – Da – da hält sie's endlich in den Armen. Sie hebt es auf –

Wie ist ihr nun?

Träumt sie? Da spricht das Kind zu ihr:»Ich bin du, und du lebst in mir. Sieh mich nur an, ich rette dich.«

Sie hält das Kind an ihre Brust und ist gerettet.

Nun pflegt sie sich, ihr Selbst, das sie verachtet und verstoßen in dem Kinde, und sieht es groß werden auf ihrem Schooß und gibt sich hin und hängt sich ganz daran.«

Damit legte er die Gedankenfetzen seines Freundes zusammen und verbarg sie an seiner Brust. Dann fühlte er noch einmal mit der flachen Hand darnach und knöpfte seinen Rock zu.

»So war es bei mir auch,« sagte er, »ganz so. Freilich versteh' ich das nicht so zu erklären, wie Leon Bodoschkan, wissen Sie, aber ich will es Ihnen doch erzählen. Was meinen Sie?«

»Natürlich, Bruder.«

»So war es also auch bei mir. Ganz so; ganz so. Glauben Sie mir, ganz so –«

Ich wollte meinen neuen Freund anregen und sagte kaltblütig: »Gewöhnlich nennt man das Kind ein Pfand der Liebe.«

Mein Landedelmann hielt einen Augenblick inne und sah ganz so aus, als hätte ich ihn tödtlich beleidigt. »Ein Pfand der Liebe!« rief er, »ja wohl, ein Pfand der Liebe!

Also ich komme nach Hause. In so einer Wirthschaft, was es da Arbeit gibt! Komme müde wie ein Jagdhund. Nimm mein Weib in die Arme, küsse sie, ihre Hand streicht mir so die Sorgen von der Stirne. Ich streiche mich an ihr wie ein Kater, sie lacht – da schreit daneben das Pfand der Liebe – aus ist die Geschichte. Können bei der Vorrede anfangen, wenn Sie wollen. Aus, sag' ich Ihnen.

Den ganzen Vormittag wüthet man herum mit dem Mandatar, mit dem Oekonom, mit dem Förster. Setzt sich zum Mittagessen, richtig – kaum hat man die Serviette umgebunden – ich binde sie nämlich, Alles nach altem Style – da weint auch mein Pfand der Liebe, weil es nicht von dem Mädchen nehmen will. Mein Weibchen steht auf, füttert das Kind. Aber das Kind verlangt nach dem Fleisch und schreit – fort ins Nebenzimmer und ich kann allein speisen und mir dazu ein Lied pfeifen, wenn ich will, z. B.:

»Sitzt der Kater
Auf dem Zaun
Und thut mau'n.
Gelt, mein Gesang
Ist gar nicht lang?«[13]

Da geht man allenfalls – auf die Entenjagd.

---

[13] Ein galizisches Kinderlied.

Den ganzen Tag bis an die Kniee im Wasser. Man freut sich auf ein gutes Bett.

Was nennen Sie z. B. ein gutes Bett?

Eine gute Matratze, nicht wahr? gute Polster, warme Decken und ein hübsches Weib?«

Er wurde roth, stotterte etwas.

»Nun gut. Man küßt seinem Weibchen rothe Flecke auf Wangen, Nacken, Busen. Man läßt seine Hände die vollen Hüften hinabgleiten – da schreit das Pfand der Liebe.

Das Weib springt aus dem Bette, schlüpft in die Pantoffel und geht auf und ab, das Kind in den Armen wiegend. La! La! La! hört man's die halbe Nacht und schläft – allein. La! La! La! –

Da kommt so ein Jahr.

Es ist allen so seltsam. Es hängt was in der Luft. Jeder weiß es und Keiner kann es nennen.

Man sieht fremde Gesichter. Die polnischen Gutsbesitzer fahren hin und her. Der kauft ein Pferd, jener Pulver. Nachts sieht man einen Feuerstreif am Himmel. Die Bauern stehen zusammen vor der Schenke und sagen: das ist Krieg, oder die Cholera, oder Revolution.

Es kommt über einen wie Kummer. Man spürt auf einmal, daß man ein Vaterland hat, das seine Grenzpfähle tief hineingesenkt in slavische, deutsche und andere Erde. Was wollen die Polaken? denkt man und sorgt um den Adler vor dem Kreisamte und sorgt um seine Scheune. Man geht Nachts um sein Haus, ob sie einem kein Feuer angelegt haben.

Man will sich aussprechen.

Mit wem? Mit seinem Weibe. Ha! Ha! Ha! heult richtig das Pfand der Liebe, weil ihm eine Fliege auf der Nase sitzt.

Ich trete vor das Haus.

Am Horizont ist eine Feuerröthe. Ein Bauer reitet vorbei, schreit: Revolution! in den Hof und treibt sein mageres Pferd an.

Im Dorfe läuten sie Sturm.

Ein Bauer nagelt seine Sense gerade, zwei kommen, die Dreschflegel auf der Schulter.

Andere treten in den Hof.

»Herr! sehen wir uns vor – die Polen kommen.« Ich lade meine Pistolen, laß den Säbel schleifen.

»Mein Weib, gib mir ein Band auf die Mütze, einen Fetzen meinetwegen, – wenn's nur schwarzgelb ist –« – Ha! Ha! Ha! Glauben Sie? – »Mach' fort,« heißt es, »mir weint, mir stirbt mein Kind, reit' ins Dorf, verbiet' mir gleich das Läuten. Mach' fort.« – »Oho! jetzt ist das anders, ich lasse Sturm läuten in allen Dörfern; der Balg soll heulen, weißt du – das Land ist in Gefahr!« –

Ach ich sage Ihnen. Nun gut.

Endlich ist sie einmal bei mir. Wir sitzen so auf dem Diwan, ich den Arm um sie. Da horcht sie, ob sich das Kind nicht regt. »Was hast du gesagt?« fragt sie nach einer Weile. »Nichts,« sag' ich. »Nichts,« aber mein Herz thut mir weh, ich versichere. – »Wo ist deine Kazabaika, Nikolaja?« – Ach! bedenke doch, im Haus beim Kinde.« – Ja freilich. Da wird das Haar nur so zusammengekämmt, da nimmt man das erste, beste Kleid. Wer wird sich für das Haus anziehen? Freilich! – Oft erkenne ich das hübsche Gesicht nicht mehr. Aber das Kind – verstehen Sie. Wenn ich mich aufputze, erkennt mich mein Kind nicht. Du wirst doch einsehen?« – »Freilich, ich sehe Alles ein, Alles.« – Aber wenn Gäste da sind, wissen Sie, da kann das Kind schreien. Da läuft sie einen Augenblick hinein, schenkt dann den Thee ein, lacht und plaudert, denn was thut man nicht bei uns für Gäste?

Oho! Da ist auch wieder einmal die saftgrüne Jacke mit sibirischen Eichhörnchen ausgeschlagen. »Ich muß mich doch anziehen für die Gäste.« Sehen Sie! – Da gehe ich einmal nach langer Zeit auf die Bärenjagd. Mein Weib wiegt das Kind und wenn ich sie küsse, sagt sie: »Geh fort, Du weckst das Kind.« Was mache ich? Ich gehe also.

Mein Heger hat den Bären gesehen – aber da hätt' ich Ihnen beinahe wieder so eine Anekdote erzählt. Also gut. Wir waren in Gefahr, der Heger und ich. Ein Bauer lief voraus.

Ein Tumult im Hause, sag' ich Ihnen; wir kommen an – mein Weib hängt mir an meinem Hals. Sie bringt mir mein Kind.

Das Blut, wissen Sie, rinnt mir vom Kopfe – das Kind schreit. – »Geh fort!« –

Er zuckte verächtlich die Achsel.

»Es war nicht der Rede werth das Bischen Blut und die Thränen des armen kleinen Kindes, aber – auch war ja die Gefahr für mich vorüber – die Frauen sind sehr praktisch. Gut, ich wasche mir das Blut herab. Der Heger, ein alter Soldat, verbindet mich. Aber was glauben Sie, das Pfand der Liebe schreit wieder über mein weißes Tuch. »Geh fort, fort! Das Kind bekommt die Freisen. Fort!« – Freilich, was ist da zu machen? Man wirft sich auf sein Bett und liegt da allein, wie vordem, eh' man ein Weib gekannt.

Der Teufel hol' das Pfand der Liebe! Gott, verzeih' mir die Sünde.«

Er machte das Kreuz, spuckte trotzig aus und fuhr fort:

»Das Bärenfell breite ich meiner Frau vor das Bett. Was glauben Sie? sie schreit auf. »Geh' mir mit dem Fell, es erinnert mich an die Angst meines Kindes.« Bedenken Sie, nicht an mein Blut, an die Gefahr! Oh! die Frauen sind praktisch! verflucht praktisch!

»Erlauben Sie,« sprach ich, »haben Sie Ihrer Frau gesagt –«

»Verzeihen Sie –«, unterbrach er mich beinahe heftig. Seine Nasenflügel flogen auf und ab.

»Ich sagte ihr – O! – wissen Sie, was sie zur Antwort gab? – – »Gut, wozu dann die Kinder?« – Denken Sie, sie wäre im Stande gewesen – man ist der Sklave so eines Weibes. Will man ihr gleich untreu werden? Nein? – Oder ein Mönch? Auch nicht. Was bleibt, als sich treten lassen. O, es gab eine Zeit, wo ich mein Kind – verstehen Sie mich – z. B. so eine Scene.

Ich rauche früh meine Pfeife, eine lange türkische, wie die da, mit einem durchbrochenen Drahtdeckel. Das schreit natürlich gleich nach dem Feuer. Ich laß es schreien. Meine Frau fiebert schon. »So gib ihm doch« – sie meint den Bernstein. – Ich aber halte ihm die rothe glühende Pfeife hin. Das greift hin und schreit und weint.

»Jesus Maria, das arme Kind!« Ich aber wünsche meiner Frau eine gute Unterhaltung, geh' mit der Büchse auf das Feld und kann mich zu Tode lachen, daß die zurückbleibt bei dem weinenden Kind mit den verbrannten Fingern.

Damals war mein Gemüth nicht mehr so. – Ah! was! es geht bereits so. Man thut, was man kann. Aber – belieben Sie selbst nachzudenken. – z. B. Ist Ihnen eine Uhr plötzlich stehen geblieben? Eine Wanduhr? Na gewiß. Aber sind Sie ungeduldig?«

»Manchmal.«

»Gut. Sie sind also ungeduldig. Die Uhr soll gehen. Im Moment. Geben so einen Stoß, allenfalls dem Pendel. Richtig, sie geht. Ja, wie lange! – Da steht sie wieder. – Noch einmal. – Noch einmal. Steht wieder. Na, wird man ungeduldig. Stößt nur so in sie. – Gut – jetzt bleibt sie ganz stehen.

So geht es einem, wenn man sein Herz in Ordnung bringen will, gerade so.

Nun, man liebt seine Frau, man will doch auch mehr als sein Bett.

Sehen Sie, es ist wie ein Schmerz, wenn man nach dem Weibe verlangt. Aber dann ist es aus.

Man sieht, du bist erlöst, weiter nichts.

Man sieht, daß das eigentlich nichts ist, daß es etwas anderes gibt, mehr; daß Mann und Weib mehr sind, als Wolf und Wölfin. Aber das war Alles umsonst.

Nehmen Sie an, meine Frau ist ein Buch allenfalls. Also möchte ich es gerne ganz lesen. Ich aber muß immer von vorne anfangen. Endlich schlag' ich es zu. Mag es zu Ende lesen, wer da will. –

Anfangs, verstehen Sie, Bruder, wollte ich mich nur zerstreuen.

Da herum lagen die Husaren.

Machte ich also Bekanntschaft mit den Officieren. Waren Ihnen das Leute! Der Banay z. B., kennen Sie ihn nicht?«

»Nein.«

»Oder den Baron Pál. Auch nicht? Aber den Nemethy mit dem spitzen Schnurrbart haben Sie gewiß gekannt?

Einmal fuhren wir zu dem, dann zu jenem.

Bei mir aber waren sie beinahe täglich. Da rauchten wir so, tranken unsern Tschai, einer erzählte was; zuletzt spielten wir auch.

Gingen auch viel zusammen auf die Jagd. Ich lernte damals die Schnepfen schießen.

Also meine Frau merkte das. Kam zu mir, setzte sich, war stille, endlich Vorwürfe. Ich sage nur:»Meine Liebe, was hab' ich denn zu Hause? – übrigens schreit dein Kind.« – Das nächstemal kommt meine Nikolaja in saftgrüner Kazabaika mit silbergrauem Eichhörnchenpelz, eine stolze Frisur, setzt sich mitten unter die Husaren.

Ich lache, die will mich eifersüchtig machen, dreht sich, scherzt und girrt. Mich sieht sie gar nicht an. Meine Husaren, wissen Sie, erstens hatten sie Ehre im Leibe, nichts zu sagen. Dann hatte keiner Lust – wofür denn auch? den Tod, oder doch die Gefahr, oder ein

Krüppel werden, wozu? wenn man nicht ein Weib so liebt, daß es alles eins, so oder so.

Aber die necken mich. »Was sagst du dazu, Bruder, deine Frau läßt sich so von uns den Hof machen?« »Macht ihr nur tüchtig den Hof!« »Hab' ich Recht?« Damals kam aber auch gleich ein Anderer ins Haus – der – Sie kennen ihn so nicht.

Er war mir gleich unausstehlich; so blond, wissen Sie, sehr weiß; ein Gutsbesitzer. Ließ sich von seinem Kammerdiener täglich die Haare brennen, las den Igor[14] vor, den Puschkin, machte gleich die Action dazu – ein ganzer Comödiant, sag' ich Ihnen.

Also der – der gefiel mir nicht. Aber meiner Frau gefiel er.«

Seine Stimme war heiser geworden. Je mehr er in Leidenschaft gerieth, um so mehr unterdrückte er seinen Ton; er kam so gepreßt, tief aus der Brust.

»Aber das kommt später.

Es war damals ein lustiges Leben.

Im Winter kamen auch die Gutsbesitzer aus der Gegend mit ihren Frauen. Da gab es Tanz, Maskeraden, Schlittenfahrten, alles, alles!

Auch meine Frau war lustig.

Dann im Sommer ein zweites Kind. Auch ein Knabe, beides Knaben.

So war das Einvernehmen etwas hergestellt.

Ich sagte Nikolaja einmal – ich saß an ihrem Bette und deckte sie zu, wenn sie sich herumwarf.

»Ich bitte dich, erbarme dich meiner, nimm eine Amme zu dem Kind.« Sie schüttelt nur den Kopf. Was mach' ich? – mir kommen die Thränen und ich gehe hinaus. Es war alles vergebens.

Nikolaja beschäftigte sich beinahe ein ganzes Jahr wieder nur mit dem Kinde. Wir sprachen selten.

---

[14] Altrussisches Heldengedicht von dem Zuge des russischen Fürsten Igor gegen die Polowzer. Ausgezeichnet durch Kraft und Plastik der Darstellung.

So kam es denn, wenn ich was erzählen wollte, daß ich weit aus-
holen mußte und meine Frau begann sich mit mir zu langweilen. Da
gähnte sie einmal über das andere, die Augen gingen ihr über.
Dann war es auffallend, wie leicht wir in Streit geriethen. Sie wollte
immer Recht haben.

Wenn ich eines von den Dienstleuten bevorzugte, gleich war es
aus dem Dienst gejagt. Natürlich eine Scene. Oder ich finde, ihr läßt
das blaue Tuch gut. Richtig. Am nächsten Sonntag geht die Be-
schließerin damit in die Kirche.

Und immer vor Fremden; das ist so unangenehm. Man will doch
seiner Frau nicht Unrecht geben und wieder – man ist doch ein
Mann. Und wenn sie immer Partei nimmt für Andere. Immer hab'
ich Unrecht und der Andere hat Recht. Was sagen Sie etwa dazu?«

Nachdem er heftig zur Seite gespuckt.

»Oder gar – ich stelle ihr vor – »Liebe Nikolaja, thu' mir das nicht,
erbarme dich.« – Richtig, schweigt sie das nächstemal. – »Und Sie
Gnädige, was sagen Sie?« – »Ich? – ich, sage, was mein Mann sagt.«
O! tartarische Bosheit!

Sie muß sich zwingen, verstehen Sie, mit mir einer Meinung zu
sein! Wenn ich so daran denke, ich begreife nicht, daß ich noch lebe!

Plötzlich verlor ich eine große Summe. Wir hielten hoch, wissen
Sie, und ich hatte natürlich Unglück – im Spiele. Einmal verlor ich
Ihnen mein ganzes baares Geld, Pferde, Wagen.«

Jetzt lachte er herzlich darüber.

»Gut. Ich nehme mich beim Kopfe und sagte: das hast du schlecht
gemacht. Zog mich auf ehrenvolle Art zurück. Freunde, Nachbaren
blieben aus.

Nur er kam.

Mich kümmert es zwar weiter nicht, wissen Sie. Ich begann damals selbst zu wirthschaften, hatte mitunter Glück und wenn man
gleichsam so unter der Hand wachsen sieht, was man eben selbst
säet, so zieht das in einer Weise an, und endlich ist die Landwirthschaft auch ein Spiel. Man macht seinen Plan wie beim Spiel, man
muß ihn jeden Augenblick nach den Umständen zu verändern wis-

sen und der Zufall spielt auch seine Rolle. Gewitter, Hagel, Frost, Dürre, Krankheit, Heuschrecken.

Wenn ich zum Thee komme, meine Pfeife stopfe, fällt mir ein, das Pferd will beschlagen sein oder ich soll im Obstgarten nachsehen, ob mein Obsthüter stärker ist oder mein Branntwein. Nehme die Mütze, gehe wieder fort und es fällt mir gar nicht mehr ein, daß meine Frau bei den Kindern sitzt.

Man spricht schon so davon. »Das ist auch eine Ehe, wie alle anderen sind.« Selbst der hochwürdige Macziek kam mit großer Salbung. Sein Gesicht, sein Haar glänzten nur; dann auch sein Rockkragen. Sogar auf Stiefel und Ellenbogen erstreckte sich die Salbung. Er glänzte wie ein Cherubin, hob seinen gelben Rohrstock wie einen Schäferstab über mich und noch etwas höher seine Stimme. »Aber Hochwürden! wenn wir uns etwa nicht mehr lieben, ich und meine Frau?« – »Oho! Fegefeuer! Das ist es ja eben!« und lachte, daß ihm der hochwürdige Bauch und die salbungsvollen Wangen wackelten. »Oho, Fegefeuer! Das ist ja eben die christliche Ehe.« – »Aber Hochwürden, Herr Wohlthäter, sollen wir so leben? das geht doch nicht.« – »Oho! Fegefeuer! freilich das geht nicht. Wofür wäre denn die Kirche da? Wissen Sie, verehrter, verirrter Freund, was das ist, Christenthum?

Allenfalls wenn Sie so mit einem Frauenzimmer sich erlustigen, ohne sie zu lieben – was wird man sagen? – der Wüstling! In der christlichen Ehe versteht sich das von selbst.

Allenfalls wenn Sie so ein Frauenzimmer zahlen oder geben ihr was, ein Tuch, was weiß ich, da spuckt jeder aus. Die Dirne da verkauft sich! In der christlichen Ehe, mein verirrter Freund, versteht sich das von selbst.

Wovon spricht denn so die brave, christliche Ehefrau? etwa von solchen Lüsten? Fegefeuer! von ihrer Morgengabe spricht sie, und wie der brave, christliche Ehegatte sie kleidet und nährt. Hab' ich Recht?

Liebe? – da heißt es: Sorge für dein Weib, ernähre deine Kinder und dafür – dein Bett. Basta! das ist eine christliche Ehe. Fegefeuer, das will ich meinen.

So ist es eine pure Schande, wenn ein Mädchen allenfalls sich verliebt und bekommt ein Kind. Pfui! aber da – wenn sie sich auch täglich anspucken – Segen Gottes!

Heirathet man der Liebe wegen, frage ich, oder des priesterlichen Segens wegen? Nun? wenn man der Liebe wegen heirathen würde, brauchte man ja den priesterlichen Segen gar nicht. Ergo! das will ich meinen!« So der Pfarrer.

Es wird mir immer einsamer zu Hause, es treibt mich fort.

Nun bleibe ich auf dem Felde draußen, wenn geschnitten wird, setze mich, wenn so die Garben stehen, wie in ein Zelt, rauche und höre den Leuten zu, wie sie singen. Gehe in den Wald, wenn Holz geschlagen wird und schieße ein Eichkatzel. Kein Markt im ganzen Kreise, den ich nicht besuchen würde. Auch nach Lemberg fahre ich oft, besonders zur Zeit der Contrakte.[15] Bleibe Wochen vom Hause.

Es versteht sich endlich von selbst, daß ich meine Frau nur – wissen Sie – kurz, daß wir so eine christliche Ehe führen.

Meinem Nachbar leuchtet das allerdings nicht ein. Der meint, man könne täglich sein Herz brennen lassen wie seine Haare. Der sitzt richtig den halben Tag bei meiner Frau, besonders wenn ich nicht daheim hin. Wenn ich auf den Jahrmarkt fahre oder nur auf die Jagd – gleich ist er da.

»Ist mein Freund« – er pflegte mich so zu nennen, also bleiben wir dabei –»Ist mein Freund nicht zu Hause?« – »Nein.« – »Das thut mir doch sehr leid.«

Merken Sie – der Iltis – und setzt sich nieder und deklamirt den Puschkin.

Im Gespräche dann: »Aber er ist doch nie zu Hause. Hm.« »Nie,« – schüttelt nur den Kopf und die Frau – o Gott! Sie wissen ja – die lamentirt ihm nach; so Anspielungen, und er schüttelt immer nur den Kopf und zieht theilnehmend die Luft durch die Nase. Spricht so im Allgemeinen von den Männern, so belehrend und unterhal-

---

[15] So nennt man in Galizien die Zeit, wo sich der Landadel in den Kreisstädten und der Hauptstadt versammelt, um seine landwirthschaftlichen Erzeugnisse – gewöhnlich in vorhinein – an die Händler, meist Juden, zu verkaufen.

tend, wissen Sie, traut sich aber nicht dabei entschlossen auszuspucken, sondern hüstelt nur etwas in sein Tuch.

Mir, verstehen Sie, macht er eine ganze Scene, daß ich meine Frau vernachlässige; und was für eine Frau! eine schöne Frau, eine Frau, die so ein Gemüth hat, pures Gemüth, und eine geistvolle Frau, die den Puschkin liest wie ein Gebetbuch.

Das ist leicht zu sagen. Du hast sie beim Samowar Freund, im Eichhörnchenpelz, und lebhaft wie ein Eichkatzel, und ich! – Ah! lassen wir das gehen.

Sie läßt sich von ihm also ganze Bücher vorlesen, bekommt dadurch so Ideen und seufzt, wenn von mir die Rede ist.

Und was ist denn eigentlich? was haben wir uns etwa gethan? – »Wir verstehen uns nicht,« sagt sie.

Wissen Sie, wörtlich aus einem deutschen Buch; wörtlich, sag' ich Ihnen. Da haben Sie diese Ideen. –

Einmal Nachts komme ich Ihnen auf diese Weise zu Hause von einer Licitation in Dobromil, wissen Sie.

Meine Frau sitzt auf dem Diwan, den einen Fuß oben, und hält das Knie so mit den Händen, so verloren vor sich hin.

Mein Freund war eben da – meine Frau hat ihren Eichhörnchenpelz und dann – rieche ich ihn. Einen Augenblick möchte ich mich ärgern, aber ich lasse es bleiben. Meine Frau gefällt mir so, ich küsse ihr die Hände und streiche den Pelz an ihrer Jacke. Auf einmal sieht sie mich an, so ein Blick – so fremd. Ich staune nur.

»Das kann nicht so bleiben,« sagt sie. Ganz plötzlich. Ihre Stimme war ganz heiser. Dann zwang sie sich laut zu sprechen. – »Was ist dir nur?« – »Du kommst nur noch in der Nacht zu mir,« schreit sie auf, »einer Maitresse macht man doch den Hof – und ich – ich – ich will Liebe!«

»Liebe? lieb' ich dich denn nicht?« – »Nein!« Setzt sich zu Pferde und jagt davon.

Ich suche sie die ganze Nacht, den ganzen Tag.

Wie ich am Abende zurückkehre, steht ihr Bett bei den Kindern und ich schlafe allein. –

Ich hätte sollen auftreten, das ist wahr – aber – da war ich zu stolz, da dachte ich, es wird sich schon geben. – Dann unsere Frauen! Ja, da war allenfalls ein deutscher Kanzellist beim Kreisamte.

Seine Frau läßt sich Liebesbriefe schreiben von einem Rittmeister. »Was hast du da, meine Liebe?« Nimmt ihr den Brief aus der Hand, liest ihn und prügelt auch schon zugleich seine Frau. Prügelt sie fort, was sag ich? – prügelt sie so lange, bis sie ihn wieder liebt. Das war eine glückliche Ehe.

Aber ich! – ich war so ein Sklave. Wäre ich nur damals gleich aufgetreten. Aber jetzt ist alles Fisch.

Wir sagten uns also jetzt: guten Morgen, und: gute Nacht. Das war Alles. Gute Nacht! Das waren Ihnen Nächte. Ich hätte mich täglich können heilig sprechen lassen! – –

Damals begann ich wieder auf die Jagd zu gehen.

Ich war ganze Tage im Wald.

Es war damals ein Heger; er hieß Irena Wolk; ein seltsamer Mensch. Er liebte alles Lebendige. Er zitterte nur so, wenn er ein Thier entdeckte, und tödtete doch ein jedes.

Dann hielt er es etwa in der Hand, sah es an und sagte mit einer Stimme, die so traurig war: ihm ist wohl! ihm ist wohl!

Er hielt das Leben für eine Art Unglück; ich weiß nicht, ein seltsamer Mensch. Aber ich erzähle Ihnen ein anderesmal von ihm. –

Da nahm ich in meine Torba etwa ein Stück Brod und Käse, füllte meine Jagdflasche mit Branntwein und ging so fort.

Dann legten wir uns wohl am Waldrand nieder.

Irena ging auf das Feld, grub Erdäpfel aus, machte ein Feuer und briet sie in der Asche. Man ißt so was man hat.

Wenn man so im stillen, schwarzen Hochwald streift, dem Wolf, dem Bären begegnet; den Adler brüten sieht; die feuchte, schwere, kühle Waldluft athmet, in der so der herbe Duft schwimmt; auf einem abgehauenen Baum Tisch hält, in der Berghöhle schläft; im schwarzen See badet, der keinen Grund hat, keine Wellen schlägt, und dessen glatte nachtdunkle Fläche die Strahlen der Sonne wie das Licht des Mondes verschlingt – da hat man keine Gefühle mehr;

da werden die Gefühle zu Begierden – man ißt aus Hunger und man liebt aus Trieb. –

Die Sonne geht unter. Irena sucht Schwämme.

Da sitzt ein Bauernweib auf der Erde.

Der matte, blaue Rock deckt nicht die kleinen staubigen Füße. Das schmutzige Hemd fällt halb von den Schultern, und wie es über dem Rock gegürtet ist, öffnet es seine Falten und läßt die Brüste sehen.

Um sie duftet es von Thymian; sie hat den Kopf in beiden Händen auf die Kniee gestützt und starrt so vor sich. Ein Leuchtkäfer hat sich in ihr dunkles Haar gesetzt; das fließt nur, ungekämmt, aus dem rothen Kopftuch über den Rücken.

Ihr Gesicht hebt sich von der Seite, vom rothen Abendhimmel beinahe dunkel ab, scharf wie ausgeschnitten. Ihre Nase ist schwungvoll, fein, wie die eines Raubvogels, und wie ich sie anrufe, stößt sie auch einen Schrei aus, wie ein Gebirgsgeier, und ihre Augen zischen gegen mich auf, ihre Blicke schwimmen einen Augenblick so wie Naphtaflammen über ihren Augen.

Ihr Schrei tönt fort – die steile Felswand gibt ihn zurück, der dichte Wald noch einmal, noch einmal das ferne Gebirge. –

Ich bin beinahe erschrocken vor dem Weibe.

Sie bückt sich, pflückt Thymian und zerrt das rothe Kopftuch über das rothbegossene Gesicht.

»Was ist dir?« frage ich.

Sie antwortet nicht, sondern gießt so die melancholischen Töne einer Duma,[16] wie Thränen, in die Luft.

»Was fehlt dir?« sag' ich, »hast du einen Schmerz, eine Trauer?« – sie schweigt. – »Nun, was hast du?«

Sie sieht mir ins Gesicht, lacht und läßt wieder die langen Wimpern wie dunkle Schleier über ihre Augen herabfallen.

»Nun, was fehlt dir?« – »Ein Schafspelz,« sagt sie leise. Ich lache. »Warte, vom Jahrmarkt bringe ich dir einen.« – Sie verbirgt ihr Gesicht – »aber du wirst darin stinken. So ein neuer Schafspelz! Weißt du was, ich gib dir lieber eine Sukmana, was meinst du, mit Kaninchen, mit schwarzen – oder mit weißen, milchweißen –«

---

16 Eine eigenthümliche Dichtungsart des kleinrussischen Volkslieds von elegischem Charakter und ergreifender schwermüthiger Melodie.

Sie sah mich erstaunt an, nicht eben ernsthaft, zog etwas die Augen zusammen und ihre Lippen tanzten so um die großen weißen Zähne. Dann floß es langsam von den Mundwinkeln über die Wangen, und das Lachen der Spitzbübin zuckt plötzlich über das ganze Gesicht.

»Nun, was lachst du?« – Nichts. –»Nun, sag, willst du die Sukmana – nicht? – wie wäre das mit Kaninchen, mit milchweißen Kaninchen? –«

Plötzlich steht sie auf, richtet ihren Rock, zieht ihr Hemd herab. –»Nein!« sagt sie,»wenn Sie mir eine geben wollen, soll sie mit silbernem Pelz sein.« –»Mit silbernem, wie?« –»Nun, wie die gnädigen Frauen ihn tragen.«

Ich sah sie nur an.

Die Selbstsucht lag sonnig auf ihrem Gesichte wie Unschuld. Sie küßte ihre Seele, ihre Begierden, so gedankenlos, wie sie ein Heiligenbild küßte. Da war einmal kein Princip oder etwa eine Idee! oder sonst! sie hatte die Moral eines Habichts und die Gesetze des Waldes. Christenthum hatte sie nicht mehr als eine junge Katze, welche manchmal mit der Pfote kreuzweis über die Nase fährt.

Ich brachte ihr richtig die Sukmana aus Lemberg und – Sie werden mich auslachen – –

Ich verliebe mich in das Weib.

Das war so ein Roman, man findet nicht seines Gleichen.

Wie der erste Schuß fiel – war sie da.

Ich kämmte ihr Haar jetzt mit meinen Fingern und wusch ihr die Füße an dem Waldbach, sie aber spritzte mir das Wasser ins Gesicht.

Es war ein seltsames Geschöpf.

Ihre Coquetterie hatte etwas Grausames. Sie quälte mich in tiefster Demuth, wie mich nie der Uebermuth einer Dame gequält hat.

»Aber, erbarmen Sie sich, Herr! Gnädiger! was soll ich mit Ihnen anfangen,« – und sie konnte endlich mit mir anfangen, was sie wollte.« –

Wir schwiegen Beide einige Zeit.

Die Bauern, der Kirchensänger hatten die Schenke verlassen. Der Jude hatte seine Gebetriemen umgeschnallt und war damit eingeschlafen. Er sang im Traume leise durch die Nase und nickte dazu taktvoll mit dem Kopfe.

Sein Weib saß an dem Schenktisch. Der Kopf war in die Hände gesunken, die kleinen Finger hatte sie zwischen die Zähne gesteckt, die schläfrigen Augen waren halb geschlossen, aber ihr Blick hing an dem Fremden.

Der legte die Pfeife weg. Machte sich Luft.

»Soll ich Ihnen die Scene erzählen mit meiner Frau? – – Sie erlassen es mir.« – –

– Meine Frau kränkelte dann einige Zeit.

– – Ich blieb zu Hause, las. Einmal ging sie durch das Zimmer und sagte leise »gute Nacht.« Ich stand auf, da war sie auch wieder fort – ihre Thüre fiel ins Schloß. Es war wieder vorbei. –

Zu jener Zeit hatte ich einen Proceß mit der Herrschaft von Osnowian.

Ehe du das Gericht vorspannst und den Advokaten kutschiren läßt, dachte ich, spannst du deine Pferde ein und fährst selbst hin.

Wen finde ich? Eine geschiedene Frau, die auf ihrem Gute lebt, weil sie die große Welt anekelt, eine moderne Philosophin.

Sie nannte sich Satana und war ein allerliebstes kleines Teufelchen. Sie sprang nur gleich bei jedem Worte und hatte Augen wie Irrlichter.

Ich verlor natürlich den Proceß, aber gewann dafür ihr Herz, ihre Küsse, ihr Lager.

Ich liebte meine Frau noch immer.

Oft lag ich in den Armen einer andern und schloß die Augen, und machte mir glauben, es sei ihr langes feuchtes Haar, ihre wollustheiße, fiebertrockene Lippe.

Meine Frau indeß fieberte von Haß und Liebe gegen mich. Ihr Herz war wie eine jener Blumen, welche im Schatten blühen, es überquoll jetzt von wilder Zärtlichkeit. Sie war erfinderisch, sich dadurch zu verrathen, daß sie sich zu sehr verbergen wollte. Sie legte mir eines Tages einen Brief auf den Tisch, welchen der Kosak meiner Geliebten gebracht hatte, und lachte auf – aber ihr Lachen brach so mitten entzwei, das war beinahe häßlich.

Aus zu viel Liebe wendete ich mich von ihr und sie seufzte nach Rache, aus leidenschaftlicher verschmähter Liebe.

Wenn sie ging, so war es mit einer Hast. Sie schrie aus dem Traume, sie schlug die Dienstleute, die Kinder.

Auf einmal war sie verändert.

Sie schien gefaßt, befriedigt. Ihr Auge ruhte so eigenthümlich gesättigt auf mir, und doch zuckte es wie Schmerz durch ihr stolzes Lachen.

Mein Heger kam.

»Der Herr geht gar nicht mehr in den Wald. Ich kenne einen Fuchs über der Moosrinne und tüchtige Schnepfen,« – diese schoß ich nämlich besonders gerne – »und sie – sie wartet bei dem Stein. Thun Sie doch dem armen Weib die Gnade.«

Ich nehme die Flinte und gehe mit ihm bis an den letzten Zaun des Dorfes.

Dort faßt mich eine namenlose Angst, ich lasse meinen Heger und laufe beinahe nach Hause.

Ich schäme mich fast – gehe leise auf den Fußspitzen – da hör' ich –

Er strich mehrmals die Haare aus der Stirne.

Es ist nicht zu erzählen. – Ich reiße die Thüre auf, und meine Frau liegt – – »Ich störe vielleicht,« sage ich, und schließe wieder die Thüre.

Was thu ich?

Es ist einmal so bei uns. Der Deutsche freilich behandelt die Frau wie einen Unterthan, wir aber unterhandeln mit ihr auf gleichem Fuße, wie ein Monarch mit dem andern.

Wir denken nicht: »Du kannst thun, was du willst. Die Frau muß zufrieden sein.« Bei uns hat der Gatte kein Privilegium, wir haben für Mann und Weib nur ein Recht.

Nimmst du jede Schenkdirne unter das Kinn, so mußt du dulden, daß deine Frau sich von Jedem Artigkeiten sagen läßt. Liegst du in den Armen einer Fremden, dann schweige nur, wenn dein Weib einen Anderen umarmt.

Hatt' ich also ein Recht?

Nein, ich hatte es nicht.

Ich trat also zurück und ging vor der Thüre meiner Frau auf und ab.

Ich fühlte eigentlich gar nichts, es war alles starr, still, ganz still!

Ich sagte mir nur immer: »Hast du nicht dasselbe gethan? Du hast kein Recht, du hast kein Recht.«

Jetzt kommt er heraus.

Ich sage: »Mein Freund, ich habe Euch nicht stören wollen, aber weißt du nicht, daß das mein Haus ist?« – Er zitterte, auch seine Stimme zitterte.

»Thu' mit mir, was du willst!« sagte er.

»Was soll ich mit dir thun? – Aber hast du so eine Idee von Ehre? – Wir müssen also ein paar Kugeln wechseln.«

Ich leuchtete ihm noch die Treppe hinab. Dann ritt ich zu Leon Bodoschkan, er sollte mein Zeuge sein.

Er lächelte trüb. »Es ist eigentlich eine Dummheit,« sagte er, »aber bis morgen früh soll alles in Ordnung sein. Thu' mir nur die Liebe und lies mir heute Nacht diese Blätter da.« Damit gab er mir diese Papiere, sehen Sie, und ich trage sie seitdem immer bei mir. Merkwürdiger Mensch das!

Ich las sie also.

Eigentlich wozu?

Ich forderte den Liebhaber meiner Frau, aber eigentlich hatte das nichts zu bedeuten.

Ich war im Unrecht, ich wußte es also, aber die Ehre – nun Sie wissen. Aber es hatte alles nichts zu bedeuten.

Ich wußte, daß er mich nicht treffen würde. Er konnte auf fünfzehn Schritt einen Heuschober nicht von einem Spatzen unterscheiden – und ich – nun, ich schieße gut.

Ich konnte Rache nehmen. Ich konnte ihn tödten. – Niemand hätte ein Wort gesagt – aber ich hatte kein Recht und schoß vorbei. Denn ich war, wie gesagt, eben so schuldig als er oder mein Weib.

Damals dachte ich daran, mich von meiner Frau zu trennen. Aber die Kinder! Das ist es. Das schmiedet paarweise uns zusammen für die Ewigkeit, und treibt uns fort im Sturmwind, wie in der Hölle Dante's die Verdammten.

Ueberhaupt, haben Sie wohl schon bedacht, wie uns die Natur anführt mit der Liebe? Gestatten Sie mir vielleicht – ach! was wollte ich sagen? – Ja – von Haus aus sind Mann und Weib eigentlich zur Feindschaft erschaffen. Ich hoffe, Sie mißverstehen mich nicht.

Die Natur will unser Geschlecht fortpflanzen. Ja, was will sie denn sonst? wir aber bilden uns ein in unserer Eitelkeit und Leichtgläubigkeit, daß sie unser Glück im Auge hat.

Ja – Fisch mit Mohn! – sobald das Kind da ist, ist es meist auch schon vorbei mit dem Glück und auch mit der Liebe, und Mann und Weib sehen sich an, wie zwei, die einen schlimmen Handel gemacht haben, beide sind getäuscht, und doch hat keines das andere betrogen. Sie aber glauben noch immer, daß es hier nur auf ihr Glück abgesehen ist und befehden sich, statt die Natur anzuklagen, welche uns zu der Liebe, welche so vergänglich ist, ein anderes Gefühl gegeben hat, das nie endet: die Liebe zu den Kindern.

Nun so blieben wir denn zusammen.

Er betrat mein Haus nicht mehr, aber sie sahen sich bei einer Freundin; es gibt so gute Seelen in der Welt; und ich schoß wieder meine Schnepfen.

Ich begann die Frauen jetzt so anzusehen, wie eine Art Wild, dessen Jagd beschwerlicher, aber auch lohnender ist.

Wissen Sie, wie man die Schnepfen schießt? – Nicht? – Man muß also wissen, wie fliegt der Schnepf?

Er fliegt auf, macht drei Stöße, wie ein Irrlicht, zick! zack! dann vorne aus.

Das ist der Augenblick. Da halte ich gerade hin und der Schnepf ist mein.

So etwa auch die Frauen.

Wenn man gleich losdrückt – aus ist es. Hat man aber einmal das Tempo, bekommt man jede –

Zu Hause war Friede.

Die Kinder liefen schon herum und denken Sie – jetzt hatte ich sie lieb. Ich liebte sie, weil meine Frau sie liebte.

Oft dachte ich so, unsere Liebe ist da lebendig geworden und läuft so herum und spielt und lacht; und es wurde mir seltsam zu Muthe.

Dann kam es wieder über mich wie Bosheit. Ich verlangte, daß die Kinder mich lieber haben sollten als die Mutter, daß sie mich allein lieben sollten.

Da nahm ich sie zum Kamin, ließ sie auf meinem Knie reiten, erzählte ihnen Märchen, sang ihnen Lieder, die so das Volk singt, erzählte ihnen Anekdoten, wie etwa ein Jäger erzählt. Und das war wirklich merkwürdig. Ich hatte nämlich – allerdings – Sie wissen ja ich hatte noch ein Kind bekommen, es war das Kind eines fremden Mannes. Ein Mädchen; Sie glauben nicht, wie ähnlich meiner Frau; ganz sie.

Man sagt gewöhnlich, die Mädchen sehen dem Vater gleich, die Söhne der Mutter. Ich habe es nicht erlebt. Der eine ist der Großvater, den andern weiß ich gar nicht, wo ich ihn hinthun soll; den hat meine Frau aus einem Roman. Keiner meiner Söhne hat was von der Mutter, aber das – fremde Kind, das Mädchen.

War es, daß sie damals nur an sich und ihre Rache dachte.

Also. Das Kind hängt sich an mich mit einer Liebe, und wußte doch, daß es mir verhaßt war.

Wenn ich erzählte, bat es leise und setzte sich auf ein Schemelchen in die dunkle Ecke, hörte zu und nur seine Augen leuchteten.

Ich schrie es oft an, daß es zitterte. Wenn ich fortging, stand es in der Ferne und sah mir nach. Wenn ich kam, lief es mir entgegen und erschrak dann über sich selbst.

Einmal sagte der Bub: »Der Bär wird den Vater noch umbringen.« – Da sprang es auf und hatte die Augen voll dicker Thränen.

Es war mir, als wäre das meine Frau, die sich angstvoll an mich drängte, die mich um Verzeihung flehte und um mich weinte.

Einmal sagte ich zu dem Kinde: »Komm doch zu mir.« Da ward es purpurroth und lief davon. Langsam wurden wir die besten Freunde.

Keiner meiner Buben war so wie ich.

»Möchtest du Füchse schießen?« – »Ja,« sagte der Bub, »wenn es nicht so knallen möchte.«

Wenn ich so erzählte von einem Bären. »Nun, er kam auf mich zu. Was glaubst du, was ich that?« Sagt der Bub: »Du bist fortgelaufen.« Das Mädchen aber lacht nur.

Oft nahm sie ein Wolfsfell und schreckte die beiden, die sich unter dem Rock der Mutter versteckten.

»Kennt ihr denn die Schwester nicht?« – »Mutter,« sagten sie, »sie ist dann ein wirklicher Wolf, ihre Augen funkeln so und sie heult, das es ein Vergnügen ist.«

War ich fort vom Hause, trieb das Kind unruhig im ganzen Hause herum. »Wenn der Vater nur nicht umwirft.« – »Wie soll er umwerfen.« – »O! ich kenne die Wallachen, die Braunen, es sind wilde Thiere. Oder wenn der Bär –« – »Der Vater schießt ihn gerade auf den weißen Brustfleck,« sagt mein Bub ganz sachverständig. »Wenn er ihn nicht trifft?« – »Ah! er wird ihn schon treffen.«

Wie das Mädchen größer wird, wirft es sich auf die Erde und wälzt sich und weint.

So nahm ich sie endlich mit.

Ich hatte das kleine Gewehr; meine Frau hatte damit geschossen, kaufte ihr eine Jagdtasche, nahm sie mit.

Das Mädchen hatte Ihnen Muth, Muth wie ein Mann. Nein! wie kein Mann! Wie soll ich Ihnen das erklären?

Wenn es so durch das Dickicht brach, sag' ich:»Nun, wenn es uns schlecht geht?« Sie lachte nur.»Ich bin ja bei dir.« Sie fürchtete nur um mich.

Zu Hause fieberte sie vor Angst, vor dem Wolf war sie ruhig, wie vor einer Henne, sag' ich Ihnen. Und wie wir uns verstanden.

Ich brauchte beinahe nicht zu sprechen. Sie wußte so mein Auge, jeden Zug, jede Bewegung.

Und doch sprachen wir so gerne.

Wenn das Wild dalag, Irena dabei kniete, es ausweidete, dann saßen wir zusammen und die Welt war uns ein Bilderbuch, das ich meinem Kinde zeigte – und es war doch nicht mein Kind! Aber es war ihr Kind und ich hatte es lieb.

Auch meine Frau liebte das Kind leidenschaftlich; und je mehr es sich an mich hing, um so leidenschaftlicher.

Wenn ich das Kind mitnahm, kniete sie nieder, küßte es und sagte leise:»Bleib' bei mir.« Aber es schüttelte den Kopf. Ich lachte und weit weg vom Hause im tiefen Walde erinnerte ich mich noch und freute mich, wenn das Kind bei mir war und die Mutter zu Hause nur so verging vor Angst.

Wenn meine Frau dem Mädchen etwas zu nähen gab, that es nur so, legte die Arbeit plötzlich weg, und lief fort – mein Gewehr zu putzen. Oder die Frau sagte ihr was. Das Kind sah auf mich und rührte sich nicht.

Einmal schreit meine Frau auf.»Er ist nicht dein Vater!«

»Dann bist du nicht meine Mutter,« sagte das Kind ruhig. Sie wird bleich, schweigt fortan und weint nur manchmal.»So ein Unsinn! Wer wird da Thränen vergießen? die Welt ist so lustig!«

Er stürzte das letzte Glas Tokai hinab.

»Lustig! – da sagt – der – der –« er fuhr über die Stirne –»richtig, der Karamsin – der große Karamsin, er ist eigentlich ein Großrusse – aber das thut nichts – der große Karamsin! – wie sagt er denn nur? – wissen Sie das nicht?«

Er griff in sein Haar, als wollte er in seinem Kopfe wühlen.

»Richtig! richtig.«

> »Alle Weisheit meines Lebens
> Hat das Eine mich gelehrt
> Lieb' ist sterblich! ganz vergebens
> Hoffst du, daß die Liebe währt!
>
> Bist du treu, sie lachen deiner,
> Aendern wie die Moden sich,
> Aenderst du dich, keift gemeiner
> Eifersücht'ger Neid um dich.
>
> Drum vermeide Hymens Falle,
> Hoffe nie: ein Weib sei dein!
> Aber lieb' und täusche alle,
> Um nicht selbst getäuscht zu sein!«

So ist es.

> »Hoffe nie: ein Weib sei dein!
> Aber lieb' und täusche alle,
> Um nicht selbst getäuscht zu sein!«

Da könnte ich Ihnen allenfalls jetzt so meine Abenteuer erzählen.

Alle Frauen sind mein, alle; Bauernweiber, Judenweiber, Bürgerfrauen, Edelfrauen; alle! Blonde, rothe, braune, schwarze, alle! alle!

Abenteuer, Abenteuer, sag' ich Ihnen, Abenteuer, wie – wie was gleich?

Da habe ich jetzt z. B. so ein Verhältniß mit einer jungen Frau. Was die verliebt ist! – Eine Dame, eine ganze Dame!

Aber mir thut der Kopf etwas weh.

Ich habe noch eine Geliebte jetzt. Sie ist das Weib eines Räubers. Ihr Mann ist gehängt worden, sie selbst – was weiß ich? was kümmert das mich! – Sie kann nicht einmal lesen. Wir reden auch nicht viel zusammen, aber lieben uns – wie die Wölfe!

Immer zehn Weiber auf einmal, oder doch mindestens drei, eine für das Bett, eine für den Geist, und die dritte für das Herz – nein, was sage ich da. Das Herz bleibt aus dem Spiele, ganz aus dem Spiele, sage ich Ihnen.« Er lachte kindlich und zeigte seine herrlichen weißen Zähne.

»Wozu auch ein Herz? der Mann braucht sein Herz für seine Kinder, seine Freunde, sein Vaterland – aber für ein Weib! Ha! ha! Ich bin nie mehr von einem Weibe getäuscht worden, seitdem ich sie alle täusche. Eine lustige Komödie! Man muß ihnen den Mann zeigen. Ha! ha! und wie sie mich lieben, seit ich nur mein Spiel mit ihnen habe. Ich habe sie alle weinen gemacht, alle!«

»Und wie ist Ihr Verhältniß zu Ihrer Frau?« fragte ich, nachdem er lange still war.

»Nun, wir sind artig zusammen,« antwortete er. »Manchmal wenn ich – wenn ich so denke – an diese Zeit – an sie – da – da – bekomm' ich Kopfweh – Kopfweh – aber jetzt sind wir lustig! lustig! lustig!«

Er warf die Weinflasche an die Wand, daß der Jude aus dem Schlafe aufschrak und sich die Gebetriemen über die Nase herabriß.

»So! jetzt ist mir wohl!« sagte er und knöpfte seinen Rock auf. »Wohl. Lustig!«

»So ist das Leben. Wenn wir so sind – dann ist uns wohl. Lustig! Lustig!«

Er stellte sich mitten in die Schenke, die Arme kokett eingestemmt und begann den Kosak zu tanzen, indem er selbst dazu die kindlich wilden, bacchantisch schwermüthigen Melodien sang.

Bald saß er nur am Boden und warf die Füße wie etwas Ueberflüssiges von sich; bald sprang er bis zur Decke und drehte sich nur so in der Luft.

Jetzt stand er stille, die Arme auf der Brust verschränkt, und wackelte so traurig mit dem Kopfe. Jetzt packt er ihn mit der Hand, als wolle er ihn hinabreißen, und jauchzte auf wie ein Adler jauchzt, wenn er in die Sonne fliegt.

Plötzlich wurde die Thüre aufgerissen und ein alter würdiger Bauer im braunen Sierak, mit langen weißen Haaren, melancholischen Schnurrbart und schlauem Auge, trat ein.

Es war Simion Ostrow, der Richter.

Ein wehmüthiges Lächeln glitt über sein fahles Gesicht als er uns erblickte.

»Herren! wie lange seid ihr da?« sagte er gutmüthig; »gewiß lange? Nun, ich kann nichts dafür.«

»Können wir also fahren?« fragte der Bojar.

»Gewiß,« sagte Simion der Richter.

»Freilich ist es eigentlich zu spät,« fuhr der Andere fort, »ich meine für mich – aber Sie vielleicht. Gott sei mit Ihnen. Bleiben Sie gesund.«

Lustig strich er der Jüdin um das Kinn, das rothe Blut floß ihr ins Gesicht.

Er ging und kehrte noch einmal zurück. Er drückte meine Hand.

»Ah! was denn!« rief er, »das Wasser kommt mit dem Wasser zusammen und der Mensch mit dem Menschen.«[17]

Ich stand auf der Schwelle wie er davonfuhr. Er grüßte noch einmal, dann war er fort.

Ich wendete mich zu dem Juden.

»O! er ist ein lustiger Mensch,« jammerte dieser, »ein gefährlicher Mensch, sie heißen ihn *Don Juan von Kolomea.*«

---

[17] Woda s wodoju sidjat sia a tscholowik s tscholowikom. Kleinrussisches Sprüchwort.

Über tredition

Eigenes Buch veröffentlichen

tredition wurde 2006 in Hamburg gegründet und hat seither mehrere tausend Buchtitel veröffentlicht. Autoren veröffentlichen in wenigen leichten Schritten gedruckte Bücher, e-Books und audio-Books. tredition hat das Ziel, die beste und fairste Veröffentlichungsmöglichkeit für Autoren zu bieten.

tredition wurde mit der Erkenntnis gegründet, dass nur etwa jedes 200. bei Verlagen eingereichte Manuskript veröffentlicht wird. Dabei hat jedes Buch seinen Markt, also seine Leser. tredition sorgt dafür, dass für jedes Buch die Leserschaft auch erreicht wird.

Im einzigartigen Literatur-Netzwerk von tredition bieten zahlreiche Literatur-Partner (das sind Lektoren, Übersetzer, Hörbuchsprecher und Illustratoren) ihre Dienstleistung an, um Manuskripte zu verbessern oder die Vielfalt zu erhöhen. Autoren vereinbaren direkt mit den Literatur-Partnern die Konditionen ihrer Zusammenarbeit und partizipieren gemeinsam am Erfolg des Buches.

Das gesamte Verlagsprogramm von tredition ist bei allen stationären Buchhandlungen und Online-Buchhändlern wie z. B. Amazon erhältlich. e-Books stehen bei den führenden Online-Portalen (z. B. iBookstore von Apple oder Kindle von Amazon) zum Verkauf.

Einfach leicht ein Buch veröffentlichen: **www.tredition.de**

Eigene Buchreihe oder eigenen Verlag gründen

Seit 2009 bietet tredition sein Verlagskonzept auch als sogenanntes "White-Label" an. Das bedeutet, dass andere Unternehmen, Institutionen und Personen risikofrei und unkompliziert selbst zum Herausgeber von Büchern und Buchreihen unter eigener Marke werden können. tredition übernimmt dabei das komplette Herstellungs- und Distributionsrisiko.

Zahlreiche Zeitschriften-, Zeitungs- und Buchverlage, Universitäten, Forschungseinrichtungen u.v.m. nutzen diese Dienstleistung von tredition, um unter eigener Marke ohne Risiko Bücher zu verlegen.

Alle Informationen im Internet: **www.tredition.de/fuer-verlage**

tredition wurde mit mehreren Innovationspreisen ausgezeichnet, u. a. mit dem Webfuture Award und dem Innovationspreis der Buch Digitale.

tredition ist Mitglied im Börsenverein des Deutschen Buchhandels.

Dieses Werk elektronisch lesen

Dieses Werk ist Teil der Gutenberg-DE Edition DVD. Diese enthält das komplette Archiv des Projekt Gutenberg-DE. Die DVD ist im Internet erhältlich auf **http://gutenbergshop.abc.de**

MIX

Papier | Fördert
gute Waldnutzung

FSC® C083411

Zeitfracht Medien GmbH
Ferdinand-Jühlke-Straße 7
99095 Erfurt, Deutschland
produktsicherheit@kolibri360.de